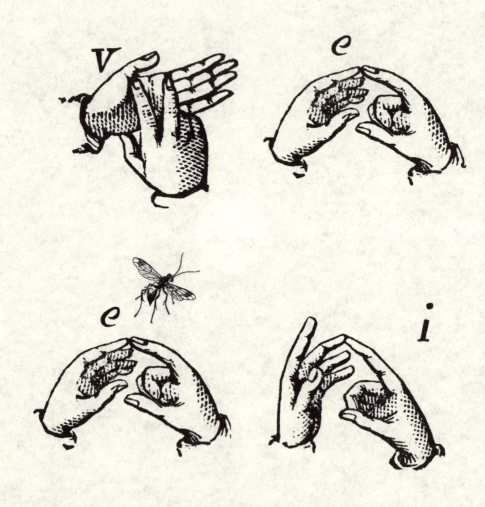

VESPEIRO
Copyright © Irka Barrios, 2023
Todos os direitos reservados.

Ilustrações Retina 78

**Diretor Editorial**
Christiano Menezes

**Diretor Comercial**
Chico de Assis

**Diretor de Novos Negócios**
Marcel Souto Maior

**Diretor de MKT e Operações**
Mike Ribera

**Diretora de Estratégia Editorial**
Raquel Moritz

**Gerente Comercial**
Fernando Madeira

**Coordenadora de Supply Chain**
Janaina Ferreira

**Gerente de Marca**
Arthur Moraes

**Gerente Editorial**
Bruno Dorigatti

**Editor**
Cesar Bravo

**Capa e Proj. Gráfico**
Retina 78

**Coordenador de Arte**
Eldon Oliveira

**Coordenador de Diagramação**
Sergio Chaves

**Designer Assistente**
Jefferson Cortinove

**Finalização**
Roberto Geronimo
Sandro Tagliamento

**Preparação e Revisão**
Retina Conteúdo

**Impressão e Acabamento**
Ipsis Gráfica

---

DADOS INTERNACIONAIS DE CATALOGAÇÃO NA PUBLICAÇÃO (CIP)
Jéssica de Oliveira Molinari - CRB-8/9852

Barrios, Irka
   Vespeiro / Irka Barrios; ilustrações de Retina78. — Rio de Janeiro :
DarkSide Books, 2023.
   240 p.

   ISBN 978-65-5598-345-6

   1. Contos brasileiros 2. Horror 3. Distopia
I. Título II. Retina78

23-5979                                           CDD B689.8

Índice para catálogo sistemático:
1. Contos brasileiros

---

[2023]
Todos os direitos desta edição reservados à
**DarkSide®** *Entretenimento LTDA.*
Rua General Roca, 935/504 — Tijuca
20521-071 — Rio de Janeiro — RJ — Brasil
www.darksidebooks.com

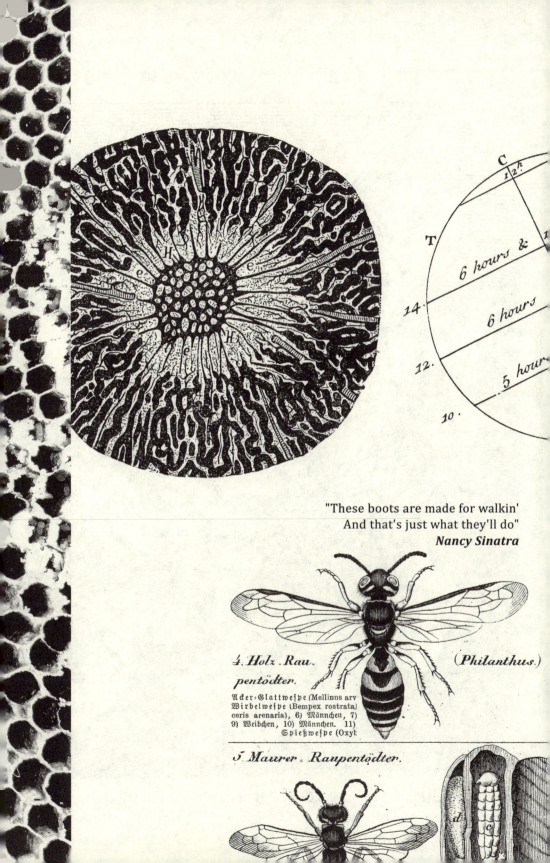

# Sumário

**01.** Sandra não tem dedos .17
**02.** Claudio Miro .23
**03.** Amanhã é ano novo .29
**04.** Febre .35
**05.** Quarto minguante .41
**06.** A roda da fortuna .47
**07.** Iara ou Ísis, Isamara ou Isadora .57
**08.** O silêncio das coisas imóveis .63
**09.** Sabotagem .71
**10.** Imago .79
**11.** Crocodilo .93
**12.** Blues dos infernos .101
**13.** Espinha de peixe .109
**14.** Qualquer outra parte do corpo .113
**15.** Ruta libre 22 .119

# Vespeiro

## Vespeiro

**16.** A Z [vai entrar no Uber] .*125*

**17.** As presenças .*135*

**18.** Sete .*143*

**19.** Lápis de cor .*149*

**20.** Como se mata um lobisomem? .*155*

**21.** Mormaço .*165*

**22.** Sacrifício .*171*

**23.** Lion .*175*

**24.** Barganha .*181*

**25.** A torre .*189*

**26.** Carne dura .*197*

**27.** Cimento de secagem rápida .*207*

**28.** Terrário .*215*

**29.** Vespeiro .*221*

**30.** Ferozes somos nós .*229*

**Vespeiro** – Significado de Vespeiro. substantivo masculino Ninho de vespas. [Figurado] Qualquer lugar em que repentinamente se deparam perigos ou insídias imprevistas.

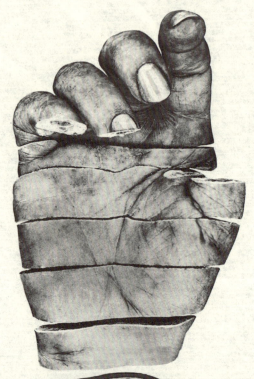

| | |
|---|---|
| Extenseurs………………… | …Long extenseur du pouce |
| Cubital postérieur……………… | ………Radiaux |
| Semi-lunaire……………… | ……Court abducteur du pouce |
| Apophyse styloïde du cubitus………… | ………Scaphoïde |
| Muscles fléchisseurs superficiels et profonds………… | ………Tendon du long supinateur |
| Cubital antérieur………………… | ……re radiale |
| Nerf médian……………… | uscle grand palmaire |
| | uscle petit palmaire |

The Remington Typewriter furnishes pleasant and profitable employment to women in all parts of the world. See article in "Harper's Bazar," May 26.

# Remington
## STANDARD

# Sandra não tem dedos

Aos doze anos Sandra sonhava em ser datilógrafa, fez curso e tudo. Emoldurou a fotografia com o certificado na mão, colocou-a num lugar de destaque na estante. Não era a melhor da turma, mas não estava entre os piores. Na época, Sandra tinha dedos.

A certa altura da vida, perdeu-os. Restaram os cotocos, feios, a pele repuxada, cicatrizada às pressas.

É claro que Sandra sente falta das facilidades que os dedos proporcionam. Lembra, com saudade, da firmeza de seus movimentos de pinça, da belíssima letra cursiva, dos contornos de desenhos que a motricidade fina lhe concedia. E de exercitar-se nas teclas do piano do conservatório municipal. Sandra às vezes chora, mas não se deixa abater. Aprendeu a se virar com as mãos de raquete, incorporou o apelido como se fosse, de corpo inteiro, uma mulher raquete. Lava a louça, faz compras no supermercado, dirige, troca os canais da TV. Conseguiu emprego de operadora de empilhadeira. Conduz aquele trambolho sem maiores dificuldades, as garras da empilhadeira obedecem aos seus comandos, com um pouco de boa vontade podem-se enxergar dois dedos longos que equilibram paletes com as mais diversas mercadorias. Gosta do ambiente do trabalho, dos colegas, o chefe é generoso, mas é provável que a condescendência em excesso tenha outras motivações, uma curiosidade ou culpa.

Na confraternização de final de ano da empresa, sempre há alguém que olha demais para as mãos sem dedos de Sandra. Olha e fala, tenta desenvolver uma tese nada original elevando-a ao posto de grande mulher, heroína com uma cruz horrível a carregar. E há sempre alguém, mais inoportuno, que pergunta o que houve com uma moça tão bonita que não tem dedos. Nesse momento, Sandra percebe o silêncio, todas as pequenas rodas de conversa cessam suas atividades e aguardam o ápice da noite, a revelação. Sandra não se abala, responde com uma desenvoltura um tanto improvável. Dois anos atrás afirmou a seu interlocutor que se tratava de uma síndrome, e que ele não se preocupasse, a doença levara seus dedos, e só. Os médicos foram categóricos ao afirmar que era apenas isso mesmo, não havia risco de contágio, e nada mais seria roubado de seu corpo. Cinco anos atrás ela contou que fora vítima de um acidente, algo muito trágico, preferia nem lembrar. Ano passado, com o repertório escasso, Sandra disse que foi um descuido com o liquidificador. Um descuido duplo, no caso. Primeiro as lâminas deceparam os dedos da mão esquerda, que foi tragada para dentro do copo do eletrodoméstico após ela pressionar demais a tampa. Depois, os dedos da mão direita foram decepados pelas mesmas lâminas, no instante de bobeira que ela teve ao tentar conter o sangramento da mão esquerda.

Não, infelizmente não deu para reimplantar, ela disse e abaixou os olhos. Bebeu um gole do canudo verde limão que enfeitava seu drink.

Sandra não destoa da maioria das mulheres de sua idade: sai para beber com as amigas na sexta-feira, maquia-se, passa batom, paquera e algumas vezes se dá bem. Conversa com homens que se aproximam antes de perceberem sua deficiência. Os mais ousados cochicham obscenidades ao seu ouvido, os mais descarados dizem as mesmas obscenidades, e até um pouco mais, após perceberem a falta de dedos.

Na maioria das vezes, Sandra rejeita propostas. Ela tem namorado, um rapaz de olhos fundos e mente desgraçada. A cada vinte dias, Regis aparece com vinho doce e bombons com calda de cereja. Sandra acha enjoativo, muita doçura. Come porque não quer desgraçar mais ainda a cabeça de Regis. Tem medo que ele se mate ou se afunde nas drogas. Para adiar esse fim quase inevitável, Sandra sorri e bebe do vinho enjoativo comentando assuntos bobos da tv. Regis não acha certo fazer planos, acha que o mundo é feio e injusto demais, demais. E acha que Sandra devia lamentar a injustiça que é alguém não ter dedos. Sandra lamenta, mas não tanto assim. Ela às vezes até finge que sofre mais para agradar Regis ou tentar compreender o que se passa naquela cabeça estragadinha. Percebeu que quando acontece isso, de ambos, em sintonia, odiarem o mundo, a situação não melhora. Em geral, piora. Regis traz uma aura que se impregna no sofá, nas almofadas e cortinas da casa de Sandra. Quando ele se vai, ela abre os vidros e não os fecha por três ou quatro dias.

A mãe de Sandra também aparece, nunca no mesmo período que Regis. Não se conhecem e não se gostam. A mãe da Sandra traz flores que enfeitam o centro da mesa por uma semana. Cozinha, lava, olha para o rosto dela (nunca para as mãos). Olha-a de um modo indulgente e diz coisas que já foram ditas um milhão de vezes. Sandra quer tranquilizá-la, deixar claro que vive bem. Sempre desiste. Sua aparente vulnerabilidade é o combustível para certos ímpetos. Então suporta as visitas ouvindo sobre coisas de universo, gratidão, luz e espirrando os cheiros dos incensos que, assim como a aura de Regis, formam uma camada fina e grudenta sobre todos os cantos do apartamento. Quando a mãe se vai, Sandra torce para que chova.

Sandra tem lá seus medos, que acredita serem decorrentes de traumas de infância, embora nunca tenha procurado terapia para lidar com essas questões. Lembra bem pouquinho do pai e bastante da avó, que o substituiu no afeto e na responsabilidade de sustentar a casa. Lembra-se dos vestidos desconfortáveis que a mãe comprava e das notas fiscais escondidas, dos animaizinhos de vida breve que tiveram, da avó, toda desajeitada, explicando sobre natureza, morte e renascimento. Lembra-se das três formando uma família sem religião definida. Tem um pesadelo recorrente, em que está tocando cancã no piano do conservatório municipal enquanto a plateia toda ri de sua performance. Algumas vezes acorda com a certeza de que merecia o vexame, outras não. Fora isso, tem os medos das pessoas comuns: de o elevador despencar ou de um tsunami destruir a cidade.

Sente certa agonia ao olhar para buracos, não buracos da rua, no asfalto, mas vários buracos juntos, um ao lado do outro, como a estrutura da colmeia de abelhas. Pesquisou o assunto, soube que se isso se agravar, pode se tornar uma condição conhecida como tripofobia. Mas gosta de anéis, pensa em dedos enfeitados por anéis de prata, de ouro, com pedras coloridas, desde as mais ordinárias, ametista, quartzo, até as mais distintas, esmeralda, rubi. Gosta, em especial, do momento em que o dedo veste o anel, assiste a inúmeros vídeos de joalherias para contemplar esse prazer bobo. Gosta mais ainda de novidades, anéis unidos que se encaixam nos três dedos maiores, e (prefere guardar para si) gosta de soqueiras, o que a faz pensar que nada a ver esse negócio de tripofobia. Também lembra de um episódio, na chácara de um parente, em que foi perseguida por galinhas chocas. Numa das versões do pesadelo do piano, as galinhas bicam um dedo de mulher. Noutra versão, a mulher com o dedo bicado tem a cara tomada por verrugas. A simples aparição daquele rosto faz com que Sandra acorde e, nauseada, corra para o banheiro.

Outras pessoas se sentem imprescindíveis na vida de Sandra: a síndica do prédio, o guardador de carros da rua, a caixa do supermercado, as duas amigas mais chegadas. São pessoas que, de uma forma ou de outra, juram que Sandra estaria perdida caso deixassem de ajudá-la. Sandra percebe esses sentimentos e, em troca, finge sentir gratidão em excesso. Finge tanto que nem sabe mais quando o teatro começou.

O que ninguém sabe sobre Sandra é que à noite, após se recolher em sua cama e ser capturada pelo universo dos sonhos, de forma lenta e constante, seus dez dedos voltam a crescer. Crescem e atingem o tamanho normal de dedos, com unhas, cutículas, impressões digitais. E é só então que pequenas criaturas, com bicos e cristas de aves domésticas, emergem das sombras do quarto. Elas avançam sobre o colchão e cada uma se gruda num novo dedo de Sandra. Então elas sugam, sugam, sugam, até o amanhecer.

# 02 Claudio Miro

Dois ângulos de visão é tudo o que Claudio pode desfrutar. A cadeira vem pelo corredor, dobra à esquerda. Passa na frente da mesa lateral, onde repousam algumas revistas sobre carros e motores, além de um vaso cilíndrico de vidro. Finos talos de arame (que fazem o papel de caules de flores de mentira) divergem no fundo do vaso. É a única superfície árida ali. Todo o resto é úmido, sufocante.

O obstáculo seguinte é o espaço entre o sofá de dois lugares e a estante que sustenta a televisão. Uma roda sempre prende num ou noutro móvel e o arrasta. No fim do percurso, a cadeira é girada e empurrada contra a parede. Algumas vezes, o encosto fica paralelo, possibilitando a visão do fundo espelhado da cristaleira. Outras vezes, a mão que empurra Claudio o estaciona de forma oblíqua, oferecendo vista para a janela da sala. É quando ele pode observar Miro.

Poleiro dois, poleiro um, poleiro dois, poleiro um, poleiro dois. Tempo. Duas ou três bicadas na pata esquerda. Poleiro um, poleiro três. Uma bicada no alpiste, uma na pata direita. Poleiro um, poleiro dois. Tempo.

Pássaro estúpido, mutilando-se dia após dia. Espera só Ida reparar em você. Será a tua vez de levar a bronca. Daqui a pouco ela vem, deve estar na cozinha. Logo vem com o iodo. Ela para, ajeita meu cabelo, a gola da camisa ou seca a minha baba. Faz isso para demonstrar que me ama. Bicho sortudo, uma gaiola só para você. Olha só teus companheiros da frente, um poleiro para cada. Olha o trânsito que é quando trocam de lugar. Precisam de organização: os que querem sossego ficam à esquerda, os que trocam de poleiro, à direita. A versão aviária da mão inglesa. Mas isso não vai durar muito, Teco está nas últimas. Estagnado à esquerda do poleiro três, só sai dali para bicar o chão. Não comeu nada da couve, não canta mais. Triste perder um amigo. Na clínica deve ser assim, companheiros de quarto partindo, enfermeiras acomodando quem chega. Deve ter um cemitério bem perto. É um lugar para ser esquecido, a antessala da morte. Depois, nada.

Miro enxerga tudo de cima, de vários ângulos, mas isso não o alegra. Janela afora um paredão amarelo repintado um milhão de vezes. Janela adentro os móveis atravancados, o velho e o cheiro de mofo. Pelo menos, de seu poleiro, Miro pode observar a movimentação de Ida.

Inválido estúpido, não soube ensinar boas escolhas à filha. De repente, Ida se fez carente, envolveu-se com um homem da pior qualidade. Picareta de carros, cheio das malandragens, imagino o papo que lançou para cima dela quando se ofereceu para negociar o Uninho. Mulher bonita, solitária, com o fardo do pai doente. Presa fácil, fácil.

Ida não merecia isso. Bom, talvez ela pensasse que sim. Talvez quisesse, e até procurasse, a situação em que se meteu. Quem sabe acha que está em dívida, que precisa pagar penitência por nos ter abandonado. Sim, a explicação soa plausível. Mas não pensávamos que Ida fosse dessas. Sempre a tivemos como uma mulher sensata. E mulheres sensatas devem casar com maridos sensatos, ter filhos sensatos e assim por diante. É a lógica ou ordem natural das coisas. Porém algo desequilibrou o mundo de Ida. É que a paixão tem desses dissabores: deixa a pessoa bobalhona. E cá estamos, assistindo à ruína de nossa princesinha, encantada por um impostor.

É claro que o Impostor tem nome. E é claro que conhecemos sua dezena de apelidos. Ouvimos diariamente. Amor, amorzinho, amoreco, mô, mozão, bem, benzinho, benzão. Discordamos de todos. Impostor é o que lhe cai bem.

Hoje é um dia especial, Impostor até se barbeou. Passou pela sala há poucos segundos, e sentimos o cheiro da loção. Se há algo que admiramos, é a geometria de seu trabalho. Barba aparada, desenhada a régua.

Impostor também vestiu a calça jeans escura e a malha vermelha com decote V. Cabelo com gel e uma gota de perfume. Não restam dúvidas: hoje virá um possível comprador. Caso Miro ainda os tivesse intactos, seus dedos estariam cruzados. E Claudio também cruzaria os seus, caso pudesse movê-los. Tentarão ajudar com o pensamento positivo.

Também desejamos uma nova vida. Já testemunhamos situações desoladoras, todo o carinho de Ida direcionado ao Impostor. A nós, as sobras: gotas de iodo nas feridas de Miro, fraldas geriátricas para Claudio.

Dedos cruzados, logo o interfone vai tocar. Entrará a corretora amistosa, que não cala a boca um instante, acompanhada do cliente. Conhecemos o papo. Uma nova cor nesta parede, floreiras na janela, e o apartamento ficará com outro ar. Pelo preço ofertado, trata-se de um ótimo negócio, ela dirá, sorrindo e apertando os olhos.

A porta se abre, entra um casal. Pelo olhar que lançam após uma primeira impressão, fica claro que não será desta vez. Se, ao menos, fosse um comprador homem, solteiro, do mesmo estilo do Impostor. Mas não. Entrou mulher junto, a coisa complica. Mulheres são mais criteriosas.

Claudio e Miro reacendem as esperanças quando notam que Impostor decidiu mostrar o terraço do prédio. É bonito, já estivemos lá. Apreciávamos muito os dias em que Ida nos levava para tomar sol. Quase não subimos mais. Ida não tem tempo.

Dois dias depois o telefone toca e Ida comemora: o casal fez uma proposta. Claudio percebe a empolgação na sua voz. Não compreende por que ela não fala da casa que pretende comprar com o dinheiro do negócio. O combinado não era esse? Ouve Ida falar em passagens, datas possíveis, tempo fora do país. Ela desliga e dá um gritinho, entusiasmada. Claudio a ouve, agora, em chamada para outro número. Ela pede informações de preços, se tem desconto para pagamento adiantado, se recebem pessoas com graves problemas motores. Sim? E quando ela poderia fazer uma visita para conhecer a clínica?

Claudio sente o nariz coçando. Vai espirrar. Abaixa a cabeça e nota uma pluma. Abaixa a cabeça? Olha só, Miro, eu consigo me mover. Vira o pescoço em direção à gaiola e nota a gradezinha de metal aberta. Miro se foi. E Claudio, agora, se move. Impostor que vá para o raio que o parta. E que leve Ida junto, também sou livre agora.

Ao voltar a cabeça em direção à cristaleira, Claudiomiro se olha no espelho e vê um prolongamento compacto, alaranjado e cônico com alguns centímetros de comprimento. O estranho apêndice parte de seu nariz e se une ao queixo. Uma fenda, ao meio, escancara, em movimento de tesoura, conforme ele abre e fecha a boca. Através do espelho, vê a plumagem amarela que cresceu em seu peito. Pode voar, como Miro. Força os braços para as laterais, quer abrir as asas, admirar suas penas antes de alçar voo. Mas seus músculos não obedecem. O único movimento que ele consegue fazer é inclinar a cabeça para baixo e bicar suas patas.

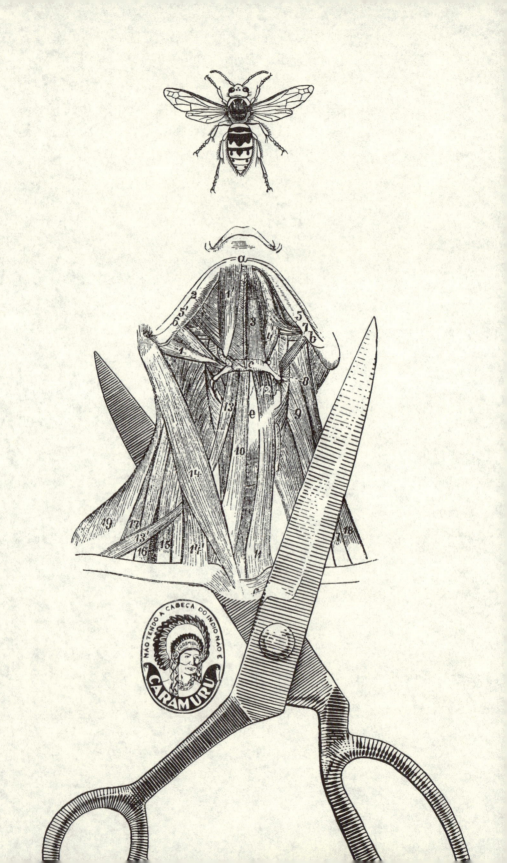

# Amanhã 03 é ano novo

Samy saltou do ônibus em movimento e, ao tocar o chão, emitiu um grunhido de dor. Escorou-se na parede da lanchonete em frente ao ponto, tentou firmar o pé e logo desistiu. Doía. Levantou a perna, afrouxou a tira da sandália, apalpou o tornozelo, massageou as laterais. Avaliou o salto, trincado, quase se soltando.

Droga de transporte coletivo, droga de calçada com pedras soltas, droga de trabalho que exige boa aparência e um apelido que me aproxime de uma mocinha norte-americana. Seguiu em frente, mancando. Na segunda esquina, apressou o passo.

Acho que quebrei o pé, anunciou ao empurrar a porta de vidro do salão.

Encaminhou-se meio de lado até a mesa da recepcionista.

Agenda lotada hoje, a moça comunicou com um orgulho meio cruel.

Quinze minutos?, Samy perguntou, o dedo posicionado sobre o intervalo de almoço marcado na agenda.

A recepcionista abriu os lábios num sorriso que mostrou o piercing em forma de ferradura. Disse: A primeira cliente mandou mensagem. Vai atrasar, mas vem. Falei que não tinha problema.

Sem responder à provocação, Samy se encaminhou ao vestiário. Serviu-se do último gole de café da garrafa térmica e acomodou-se em seu lugar. Dez minutos depois, a segunda cliente chegou. Depois a terceira, a quarta e a primeira, atrasada mais de hora, fez estardalhaço para ser atendida antes do meio-dia. Samy a encaixou, reduzindo ainda mais os míseros quinze minutos que recebera de intervalo. Depilou seu buço e aparou as sobrancelhas concordando com as reclamações sobre a filha que não encontrava vestido bonito para usar na virada do ano.

Sim, sim, é um transtorno, dizia absorvendo as fisgadas no tornozelo.

Preparou-se para liberá-la e recebeu o olhar de súplica.

Você não marcou depilação.

Ah, por favor, a cliente insistiu, amanhã é ano novo, vou passar o dia na praia. Não vou te atrasar muito, prometo.

Suspirou ao ouvir o pequeno escândalo da cliente das duas e meia. Todo o salão escutou sobre a ginástica impossível que ela fazia só para ter os cílios implantados pelas mãos de Samy.

Num ímpeto de maldade, decidiu aumentar um pouco mais a irritação da cliente. Levantou trôpega para servir-se de um copo d'água. Arrastando-se até o bebedouro, Samy não contou com a comoção da cliente, que gesticulava e apontava para o relógio de pulso.

Ao retornar para seu posto, notou que em breve não conseguiria mais apoiar o pé no chão. Examinou-o mais uma vez: arroxeado e do tamanho de um mamão papaia.

Preciso ir ao pronto-socorro.

As colegas de trabalho voltaram-se para ela. Soltaram diversas interjeições de dor e depois abaixaram as cabeças para as montanhas de cutículas que precisavam ser eliminadas.

Samy chamou a próxima.

Afrouxou as tiras da sandália o máximo que pôde e ordenou ao cérebro que se esquecesse da dor. Um pouco mais e o expediente acabaria. O marido assaria o churrasco do primeiro do ano, ela sentaria com o pé para cima. Talvez bebesse além da conta. Retirou o celular do bolso e mandou mensagem para que ele a buscasse por volta das nove.

Acompanhando o avanço dos ponteiros, atendeu as clientes das cinco, das seis e duas desesperadas que não tiveram tempo de marcar hora.

Quinze para as nove, Samy pendurou o avental no armário. Abriu o estojo de maquiagem à procura de um espelho. Devia estar com a cara péssima.

Samy!

Voltou os olhos para a porta de entrada e enxergou Denise.

Ainda bem que te peguei aqui, a sócia do salão se dirigiu até ela em pulinhos.

Hoje não vai dar, Samy apontou para o pé.

Nossa, que feio. Tem que ir ao médico. Mas antes dá uma retocada aqui, apontou para a sobrancelha, tá torta, olha. É urgente, tô atrasada pro réveillon.

Sem ousar uma recusa, Samy escreveu mais uma vez para o marido: Não vem ainda. Espera eu te chamar. Recolocou o avental, aqueceu a cera enquanto a patroa acomodava a cabeça no encosto da cadeira de maquiagem. Ao virar-se para a mulher, totalmente vulnerável, Samy notou a artéria pulsando no pescoço. Pegou uma toalha limpa e abriu sobre a mesa auxiliar. Posicionou, lado a lado, seus materiais de trabalho: pinça, espátula, tesoura de ponta romba. Havia uma tesoura nova, com a ponta ativa, bem afiada, que Samy decidiu testar. Que veia seria aquela? Tão simples cortar um pescoço. Uma vez assistiu a um filme em que o assassino matava com apenas um corte. Um assassino frio, talvez um cara oprimido por situações que passaram anos somando revolta. Uma perfuração, apenas uma, no lugar certo. O mundo tão cheio de gente, tão superpovoado, cem mil pessoas morrendo todos os dias, uma a mais não faria diferença. Absorveu mais uma fisgada forte vinda do tornozelo.

Tá quase?, Denise quis saber.

Quase, Samy respondeu sem desviar os olhos do pescoço que pulsava.

Olhou para os utensílios metálicos sobre a toalha branquíssima. Imaginou as clientes na praia, música alta, brindes, a festa do réveillon, os vestidos cheios de brilho, os orgasmos das xoxotas depiladas. Comparou com a sua vida, o sexo de dois minutos no intervalo da novela, o gozo que durava menos que um suspiro.

Espalhou a lâmina de cera. Na hora de puxar, paralisou.

Tem certeza que tá fazendo certinho?

Aham, Samy resmungou. Não, não ia arrancar tudo, embora sua vontade fosse bem essa. Uma sobrancelha sim, outra não, um defeito que arruinaria a festa de fim de ano de Denise. Deu dois passos para trás, procurou o óleo. Com todo o cuidado, esfregou-o e, aos poucos, desgrudou a cera dos pelos.

Desculpa, acho que errei aqui.

Errou como?, a voz de Denise reverberou pelo salão.

Vou ajeitar. Juro. O tornozelo também gritava.

Meia hora mais tarde, Denise dava mais e mais ordens enquanto, do espelho de aumento, criticava as minúsculas imperfeições na sobrancelha. As manicures, todas, haviam se despedido com mensagens de um bom ano, prosperidade, amor, saúde. À Samy, restou apagar as luzes, trancar a porta de vidro e se arrastar até a frente do shopping. O marido demoraria um pouco, pediria para o filho sair do banho e cuidar a carne de porco assando no forno. Quarenta a cinquenta minutos de espera. Se fumasse, era a hora de acender um cigarro. O silêncio prévio à virada de ano tornava os minutos mais lentos. Os carros estacionados em suas garagens, apressadinhos brindando, beliscando os petiscos de entrada da ceia ou lambendo o sorvete da sobremesa. Com o tornozelo em chamas, Samy cogitou atravessar a rua, comprar anti-inflamatório ou um gel para resfriar a fúria das células injuriadas. Apoiou o pé e desistiu: impossível dar um passo. Escorada na vitrine da loja de departamentos, atentou para a figura que dobrava a esquina. Um homem? Uma mulher? Fosse quem fosse, estava com pressa. O ano nasce, um bebê fofinho sem a menor comoção com o adeus de seu antecessor. Vir ao mundo nada tem de docilidade. Pelo contrário, é bem brutal. A figura tinha o corpo coberto de pelos, os mesmos pelos fininhos que começaram a cair do céu. Um relâmpago seguido por trovão anunciou que a chuva aumentaria. Samy arrastou-se até um canto escuro, era o máximo que conseguia fazer. Ergueu as pernas para se proteger do tapete de pelos que se acumulou na calçada. Loiros, castanhos, pretos, lisos ou crespos, o céu os expulsava como nos aguaceiros de março. Segurou a respiração, manteve o corpo imóvel, embora não conseguisse conter o tremor nas pernas. Não demorou muito, a camada de pelos entupiu bueiros e ganhou as ruas. Subiu até atingir o tornozelo doente de Samy, depois cobriu sua cintura. Uma onda se formou, rebentou sobre sua cabeça. Ali perto, o primeiro foguete da virada estourou. Boiando, Samy e a criatura coberta de pelos admiraram os fogos que trariam as boas-novas.

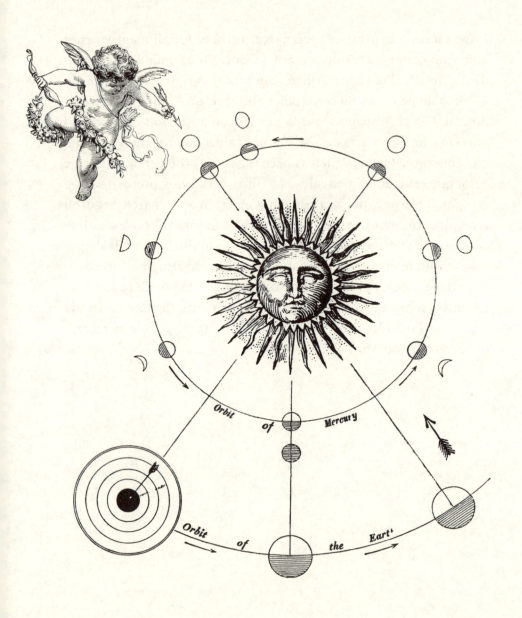

# 04 Febre

*Extenseurs*..........................
*Cubital postérieur*...................
*Semi-lunaire*.......................

Passou a compreender a avó, a pele úmida, geladinha, a recusa em receber abraços.

Era a febre.

O calor vinha em ondas, instalava-se de dentro para fora, do tronco para a cabeça, agitando as glândulas produtoras de suor.

Pensando bem, a febre nem incomodava tanto assim. A míngua do desejo, tão intenso no passado, tampouco incomodava. A insônia era o pior.

Acordava seis, sete, oito vezes por noite, transpirando como nunca na vida. Cinco minutos depois, tão logo o ar circulante fizesse o trabalho de resfriar a pele, buscava o lençol e se cobria. A noite inteira assim.

Hoje começou a guerra.

Escreveu no diário. Riu-se toda, boba, só os grandes escrevem sobre guerra.

Pouco importava a briga por um pedaço de chão para alguém ardendo em febre. Desligou o canal de notícias: que se fodessem os líderes, os tanques, as bombas. Aplicou gelo na nuca, nos pulsos, prendeu os cabelos. Torceu para que o ônibus das dez para as sete viesse com ar-condicionado. Que o fim do mundo chegasse sem demora, de preferência com tempestades de ventos gélidos.

Largou os livros sobre a mesa. A turma mal notou. Fechou o punho, socou a lousa.

Eu disse bom dia.

Confusos, os alunos correram para seus lugares.

Quem vai ler o conteúdo?

A mãozinha, bem à sua frente, se ergueu.

Você não. É lenta demais.

A aluna se retraiu na cadeira.

Tá bom, tá bom, desculpou-se, a sôra tá um pouco cansada. Leia, se quiser.

O-a-no-de-mil-oi-to-cen-tos-e-ses-sen-ta-e-seis-foi-as-si-na-la-do-por-um-a-con-te-ci-men-to-es-tra-nho.

Exasperou-se. Uma nova onda de calor acabara de avisar que chegaria. Agora, já. Em alguns segundos estaria ensopada. Abandonou a sala. A garota parou de ler, mas Gina a encorajou com gestos efusivos.

Anda, garota. Eu volto já.

No banheiro feminino, abriu a torneira, molhou os braços, os cotovelos, a nuca, o colo. Respingou tudo no tecido da roupa. As crianças notaram, riram. Perguntaram se tinha feito xixi na calça. Negou com a cabeça, sentou-se.

Até que parte você leu?

A menina mostrou na página do livro: dois parágrafos. Segurou o suspiro.

Eu leio.

Abriu a coletânea de contos, um livro grosso com prazo de devolução vencido. Gastou um tempo procurando o mais adequado.

O coração denunciador, anunciou com a voz bem alta. Leu com gravidade, enfatizando frases, sentindo o calor retornar, dezenas de vespinhas apunhalando suas costas. Escancarou o vidro da janela. Teve vontade de se jogar lá fora. Todas aquelas histórias de mulheres nuas em seu cotidiano particular faziam cada vez mais sentido. Mulheres cozinhando, estendendo ou recolhendo roupas do varal, varrendo a casa, assistindo TV, todas nuas, cheias de dobras, como crianças. Chegava a ser bonito.

O que é, menino?, respondeu após o terceiro chamado. Não, não era nada. Só saber se teria tema. E o que aconteceu com o velho? Que velho? O velho do conto? Prometeu à turma que levaria o xerox do texto na semana seguinte.

Congelou com o ar-condicionado do ônibus de volta, mas ao caminhar dois quarteirões já transpirava por todos os poros. Só pensava em tomar um banho e ficar nua, atirada sobre alguma almofada fofa, chupando pedras de gelo.

Na semana seguinte o garoto a desconcertou:

E o xerox?

Gina havia esquecido, óbvio. E tinha condição de lembrar tanta coisa? Por acaso o garoto sabia que o mundo estava em guerra e que talvez em breve faltasse até papel para imprimir texto?

A gritaria assustou a turma e só então Gina se controlou: preciso ir ao banheiro.

Ao retornar, encontrou a turma quietinha. O garoto do xerox se aproximou mais uma vez. Olha, eu ando bem esquecida, disse a ele. Analisou o rosto do garoto, não havia percebido o olho vazado. Não sabia se aquele olho branco enxergava, achava que não, e não conseguia desviar dele. Encarava-o sem disfarçar a curiosidade. Nesse meio tempo, foi atingida por uma onda de calor, a mais forte de todas.

A senhora tá bem?

Tô, tô. Lançou um olhar de fúria, juntou as coisas. Leiam da página oitenta até a noventa. E os deixou.

Os dias se tornaram piores, as noites mais longas. Crises de insônia açoitavam seu humor. De manhã se sentia exausta, o corpo dolorido como se tivesse passado a noite trepando com um demônio. Nem acharia ruim copular com um demônio, caso acordasse beneficiada por orgasmos. Mas não. O corpo doía como se tivesse passado a noite retorcido, em posições improváveis, como uma personagem que sofre possessão. Teve uma ideia: filmar-se. Ajustou a câmera do celular, posicionou-o na prateleira média do roupeiro. Descobriu, apenas, que roncava em determinadas posições. E peidava. Duas vezes até a bateria morrer, às três e quinze.

Na aula seguinte, parou ao lado do garoto:

Senta direito, gritou.

Ele deu um pulo, ajeitou-se no susto. No meio da aula, deixou de se controlar: olhava para dentro do olho vazado. O garoto abaixava a cabeça. Para Gina, um disparate. Quantos anos ele tinha? Catorze, quinze? Sabia que ele era repetente, bem mais alto que a média da turma.

Leia, ela ordenava. Leia devagar, leia mais claro, leia mais alto.

A turma percebeu a perseguição. Risinhos iniciavam assim que Gina abria o livro, bolinhas de papel acertavam o garoto, alguns colegas, mais ousados, emitiam gritinhos ou assovios que silenciavam abruptamente após um simples olhar da professora. O garoto, também, a seu modo, reagiu. Passou a fazer cara feia, algumas vezes ria. Gina não conhecia o conteúdo das piadinhas, só sabia que eram sobre ela. Da sala dos professores, espiava o grupinho reunido no recreio, ouvia as risadas altas, escancaradas, os dedos apontando para ele e suas reações de recusa. Em geral, o calor vinha nestes períodos. Envergonhada, Gina prometia a si mesma que pararia com esse comportamento ridículo, precisava resgatar sua postura de professora. Se algum colega, a diretora ou os pais suspeitassem de sua perseguição, estaria ferrada. E Gina tentava, por deus, como tentava. Mas a culpa era daquele olho vazado, branco como o de um husky siberiano.

Uma manhã, perdeu as estribeiras: você não me respeita, gritou. Tudo girava, alunos berravam, as paredes da sala a oprimiam. Imagens se aproximavam e se afastavam, disformes, indefectíveis. Sentou-se, pediu água e depois se desculpou com a turma. Sentia um cansaço sem fim, as noites sem dormir cobrando uma conta alta. A diretora ofereceu uma licença. Não, não, eu vou melhorar. Só preciso recuperar o sono.

Acordou de madrugada. Já que o demônio não vinha, encontraria outro jeito. Roçou o dedo médio no clitóris, o bem-estar pós-gozo era tudo que precisava. Tentou organizar o pensamento em imagens que despertariam prazer. Pensou em homens nus, um homem montado a cavalo, homens sujos de lama, de graxa, de porra. Pensou no demônio.

Nada ajudou.

Foi então que o olho vazado tomou sua mente. O olho cego, opaco, um céu tão branco que causava enjoo. Pegou o celular. (Tinha o Instagram do garoto? Tinha.) Digitou com a maior pressa do mundo. Disse que o imaginava nu e sua vontade era de morder, mastigar, fazer sangrar. Também queria bater em seu traseiro com uma palmatória, muitas palmadas, com força, até que a pele inchasse e as bordas crescessem como uma muralha. Por fim, queria amarrá-lo bem firme, numa posição em que pudesse sentar sobre seu corpo tão jovem, pálido, tão lisinho.

Naquela noite, Gina dormiu.

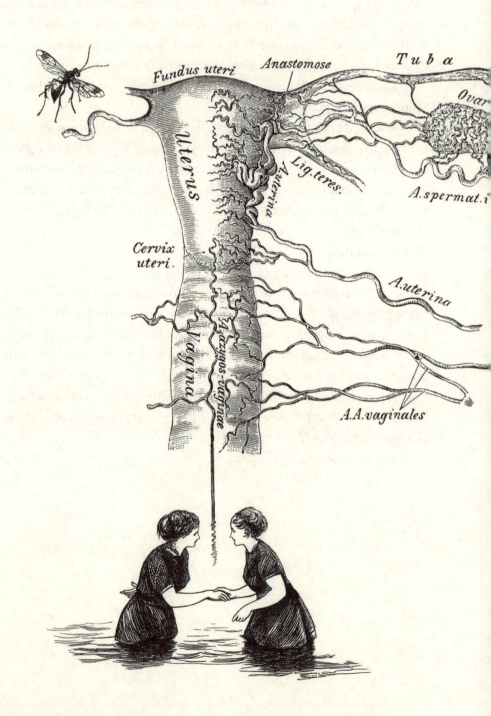

# 05
## Quarto
### *minguante*

Você ouve os cochichos das vizinhas, duas bonitonas que se bronzeiam na beira da piscina. Não é grande coisa a piscina. É pequena, tem, no máximo, oito metros de comprimento. Cinco de largura, talvez quatro. Elas falam, falam, não apontam para você, mal te olham. Mesmo assim, de alguma forma, você pressente que é o assunto em pauta. Seu filho se aproxima, acaba de sair da água. Imita um cachorro molhado, sacode a cabeça sobre sua barriga. O contato das inúmeras gotículas de água e cloro te causam um arrepio e você não consegue segurar um gritinho. Só então percebe que tem dor. A dor, velha companheira, te acompanha há dias, mais de quinze. Você fecha os olhos, calcula, acha que deve acabar logo, em geral dura um mês, o corpo deve obedecer à sequência, não é possível que cada vez seja de um jeito. Os exames dizem que tudo está ok, é só o corpo se preparando para a nova fase. E volta a dor, meio quente, como contusão, a mão que esmaga o útero e o pressiona contra os intestinos. Depois o alívio, você sente que algo se esvai. Sabe que deve correr para casa. Abaixa a cabeça, dá uma espiada nas bordas do biquíni. Vazou, tem um tempo que tá vazando, você não sentiu. Era sobre isso que as vizinhas cochichavam. Você se levanta com muito cuidado, sabe que um movimento brusco te deixará numa situação ainda mais vexatória. A toalha está logo ali, a um passo. É branca, vai manchar. Você a puxa para si e do movimento do tecido se desprende um barulho bruto. Você se enrola, sai caminhando miudinho, as coxas pressionadas uma contra a outra na ânsia de conter a nova enxurrada. Quem olha, pensa que você está se cagando (e na verdade é quase isso). Você chuta a porta da frente, corre para o banheiro, nem liga para o rastro de sangue que se forma. Retira o absorvente interno, e é como abrir as comportas de uma represa. Junto ao voo do absorvente até o lixo segue-se um filete gosmento de sangue, suja o chão, suja a parede, suja o assento do vaso sanitário. A imagem do banheiro salpicado de sangue te deprime e você não luta contra os sentimentos que te invadem. Relaxa os músculos pélvicos, espera. Vai vir mais, a dor anuncia que vai vir mais. E vem, um coágulo gigantesco. Tomada por curiosidade, você olha para dentro do vaso. A bolha de sangue tem a forma de um feto. Não pode ser, não é. A dor volta, um pouco mais leve, e você mal tem tempo de se acomodar. Outro coágulo é expulso, dessa vez você sente a passagem dele, o trajeto pelo colo do útero, o canal vaginal e, na despedida, um leve roçar nos lábios. É um carinho sutil. Você espera. Terá mais? Pega o celular, conta seis minutos. Nada, a dor estacionou. Liga o chuveiro, esfrega o corpo. Alguma coisa, talvez a água morna, precipita a nova onda de dor. O terceiro coágulo, ainda maior que o primeiro, é expulso. Você se abaixa para analisá-lo. Tem uma forma alongada, é viscoso, parece um ovo, só que mole. Ao se erguer, você vê o sangue manchar suas pernas. Agora é só sangue, bem líquido, escoa misturado com a água da ducha. Parece que acabou. Você pisoteia o coágulo, tenta desfazê-lo para que o ralo o engula. A primeira parte desce, mas outras pequenas persistem. Você as esfrega com a sola do pé. Consegue, finalmente, esfacelá-las. Fecha o chuveiro, desliza o vidro do box. Percebe que se esqueceu de deixar o absorvente interno ao alcance da mão. Puxa o papel higiênico, enrola-o muitas vezes até que se forme um tampão, e o pressiona sobre a vulva. Pressiona as coxas, de novo, uma contra a outra, para que o tampão permaneça ali, pelo menos até você alcançar o balcão da pia. Introduz o absorvente, veste outra calcinha de biquíni. Não é o suficiente, então você reforça com um noturno. Limpa a parede e o piso com lenços umedecidos. Limpa o assento do vaso. Veste o sutiã, olha-se no espelho. Tudo bem, você até está corada. Volta à piscina, sente culpa por ter deixado seu filho sozinho. Beija-o. Filho, a mãe esqueceu de trazer toalha. Você busca? A vermelha, tá? Ele vai, você dirige os olhos para seu livro, uma história de vampiras. Reflete sobre transfusões, sobre ingerir sangue, não expulsá-lo. Você reflete se não é o avesso da vampira, se não está se esvaindo, perdendo alguma coisa preciosa. Nova dor, mal dá tempo de absorver, você sente o calor na calcinha. Você não aguenta, apesar da bisbilhotice das vizinhas, levanta o tecido do biquíni e olha. Tudo bem por enquanto. A médica disse que antes de secar você passaria pela enxurrada. Sua menstruação nunca fora assim, tão intensa, nem nos períodos mais férteis. Aos quarenta e oito ela resolveu simular uma matança de porco. Mais dor, você dispensa os pudores, fodam-se as vizinhas. Examina, não passou. Ainda. Seu filho traz a toalha, você o beija. Retorna ao livro, agora vai parar, não é possível que haja tanto sangue numa cavidade do tamanho de um punho. Enche-se de coragem, caminha até a ducha. Amiga, tá escorrendo pela perna, a vizinha diz. De novo, você não percebeu. O útero pesa, vai descer mais. Você sente o esfíncter se abrindo, o colo se dilatando, é como se fosse parir. Enrola-se na toalha no exato momento em que sente que expeliu uma bola. Corre para o banho, esfrega os pés, com fúria, contra os coágulos. Veste a terceira calça de biquíni, o terceiro absorvente interno, tamanho GG, e mais o noturno. Na beira da piscina, as vizinhas perguntam se está tudo bem. Você balança a cabeça, sim, tudo bem. É mentira, você busca o encosto da cadeira, precisa se escorar, acha que perdeu sangue demais. Sente tonturas. O tijolo que estava dentro de seu útero acaba de cair. Constrangida, você enrola a toalha vermelha na cintura. Segue, mais uma vez, caminhando miúdo até sua casa.

Na pressa de abrir a porta, sente uma camada espessa de sangue que transpassa todas as barreiras que você impôs e escorre até os tornozelos. Grudentos, seus pés imprimem pegadas. O chão da sala é um cenário de assassinato. Não há tempo para limpar, você corre, mais uma vez, até o vaso sanitário. Na pressa de tirar a calcinha, um dos coágulos voa contra a parede. Gruda, escorre devagar. Em que lua estamos, você pensa, não é quarto minguante? É possível sangrar tanto numa lua minguante? Tentando se distrair, você acessa o Google do celular, páginas e páginas falando da influência da lua no ciclo menstrual. Abre uma manchete que chama a atenção: quando uma mulher sangra na lua minguante é porque precisa desapegar de antigos padrões, estabelecer limites. Pode, também, indicar o encerramento de um ciclo ou uma conexão com a força intuitiva. Você relê, suspira. A mão direita acaricia o peito e agarra o seio. Será, será? Alguém bate na porta, são as vizinhas, elas empurram o vidro da janela, pela fresta perguntam se você está bem. Olharão seu filho, pode ficar tranquila. Já vou, você grita de volta. Sai do banho, não há mais biquíni a vestir. Não acha toalha limpa por perto. Desce nua até a sala, depara-se com as pegadas, o sangue pastoso gruda em seus pés. Na mesma hora você expulsa nova enxurrada. O sangue novo, ainda quente, se mistura com o sangue resfriado do piso. Você se inclina, passa o dedo e o chupa. Esfrega a palma da mão e a lambe. Enxerga-se dentro de um vestido vermelho, de saia armada, arrastando pelo chão. O chão atrai o vestido, seus pés, você inteira. Você é um coágulo que se derrete, se funde, se desmancha naquele mar vermelho.

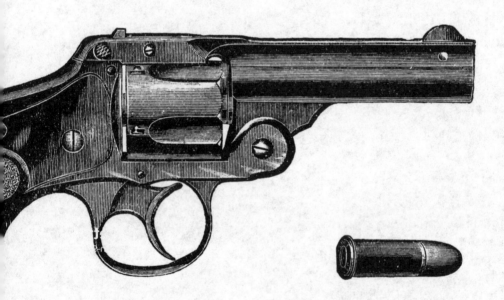

# 06 A roda da fortuna

*Em vários textos romanos descreve-se o Destino como uma mulher cega, louca e insensível, que atravessa a multidão caminhando sobre uma pedra redonda (para simbolizar sua instabilidade).*

No dia vinte e nove de outubro eu comprei um revólver. Decidi que tinha chegado a hora de me proteger, vivia num país violento. Bandidos sem escrúpulos agiam livres à luz do dia.

Não quis uma pistola, o revólver era meu desejo. Mais bonito, o cabo imitando a cor da madeira, o cano longo de metal, e aquela luxuriosa curva ovalada onde você posiciona o dedo indicador cada vez que aperta o gatilho. Sem dúvida, uma arma elegante.

Consegui com um amigo, professor de escola de tiro. Paguei um tanto a mais para apressar a documentação, detalhe que ficou implícito em nossas conversas. Fiz questão de iniciar as aulas na mesma semana. Sentia uma crescente voluptuosidade ao apontar a arma para os alvos redondinhos, coloridos. Dia sim, dia não, eu ia ao clube – achava muito mais descolado chamar de clube –, enfim descobrira um esporte que me relaxava do estresse da rotina. Os colegas de estande me parabenizavam, difícil uma mulher com tão boa pontaria. Recebi apelidos, alguns rememoravam personagens dos filmes antigos, das séries americanas. Não me incomodava, até me divertia em ser respeitada num meio tão masculino. Eu só não desconfiava que usaria meu novo brinquedo tão rápido.

Voltava do trabalho de ônibus ou de carona, nunca de carro. Os estacionamentos do centro têm preços impraticáveis. Uma tarde me dei conta de que na hora do retorno eu fazia uma ginástica para evitar o risco de assalto: agarrada à bolsa, esquadrinhando suspeitos, esperava quinze minutos a mais para pegar o ônibus que me deixava bem próxima à porta de casa. Assim que recebi o registro, decidi mudar. Acenei para o ônibus que me deixava mais distante, queria colocar em prática a suspeita de que uma mulher sozinha caminhando por três quarteirões mal iluminados às dez e meia da noite atrairia vagabundos. Eu precisava de apenas uma abordagem para o dinheiro investido no revólver se justificar.

Saltei do ônibus ainda em movimento, a adrenalina percorria meu sangue, aquecendo o rosto e as mãos. Acho que eu estava com uma postura afrontosa, porque as poucas pessoas que cruzaram meu caminho mal me encararam. Escorada no primeiro beco, minha recompensa. Assim que notou meu olhar, desviou a cabeça. Ele me atacaria, todo assaltante gosta de mostrar desinteresse para atacar com a vantagem da surpresa. De forma calculada freei o passo para sugerir receio. Foi o código, ele se adiantou em minha direção. A bolsa, vagabunda, passa a bolsa. Aproveitando o escuro e o vazio do beco, me abordou aos gritos. Eu me assustei, claro que me assustei, nunca presenciara um assalto tão agressivo. O estranho é que ele não me tocou, chegava perto de meu ouvido e gritava insultos, puta, vadia, vou te furar com meu canivete, e voltava para uma distância segura.

Passa a bolsa, puta. Estava sujo e com um péssimo hálito. Abri minha bolsa e vi seus olhos cegarem frente ao cano do revólver. Empunhei a arma com confiança: quem é a vadia, agora?, gritei. Surpreso, ele saltou para trás. Quem é a vadia?, gritei mais alto. De joelhos, vagabundo, ou eu te faço engolir esse cano. O poste da esquina iluminou seu rosto. Não devia ter mais de vinte anos, o garoto. Sentindo minha convicção, ele apertou os olhos e virou a cabeça para o lado. Vai chorar, bebê? Tem mais é que agradecer, se eu fosse traficante metia logo uma bala na tua cara sonsa. Moça, eu tava brincando, eu não sou bandido. De joelhos, vagabundo. Você gosta de xingar mulher, né? Pressionei a arma contra o seu crânio. Responde, machão. Ele balançou a cabeça de forma afirmativa. Assim não, meu bem. Fala alto "eu gosto de xingar mulher, eu sou machão que mija nas calças quando vê uma arma". Ele estreitou os olhos, ofendido. Pressionei o cano com mais força e engatilhei. Fala, desgraçado. Eu gosto de xingar mulher, e mijo nas calças quando vejo uma arma. Só isso? Eu sou machão que mija nas calças. Ah, agora sim. Agora abre a calça aí que eu quero ver. Abre o quê? A calça, moleque, abre que eu quero ver esse pinto murcho e mijado. Resmungou um não, então cutuquei-o mais duas vezes. Ouvi sua respiração acelerar. Que bonito ouvir alguém aterrorizado, pensei, deve ser essa a música que os psicopatas tanto admiram. Ele chorou, as mãos tremiam ao abaixar a calça, os soluços tímidos se tornaram agudos, quase um estardalhaço. Ninguém vai ajudar você, machinho, ninguém se interessa em salvar vagabundo. Vamos, mostra aí esse pinto murcho. Ele abaixou a cueca. Ah, que coisinha mais feia isso aí. Sabe o que eu penso? Aquelas baboseiras que dizem que a mulher tem inveja do pênis, à merda com tanta idiotice, é o homem que tem inveja do próprio pênis, porque sem esse pinto vocês não são nada. Tive que me controlar, a vontade de atirar era grande demais. Respirei fundo, cinco, seis vezes. Não me contive, a arma estava engatilhada. Foi um segundo, um pequeno movimento do dedo indicador, só o ato de puxar o gatilho. O vagabundo gritou. E se encheu de coragem: sua puta, meus amigos vão te achar, vamos te arrombar, tu não sabe com quem se meteu, sua vadia de merda. Não pude aguentar tanta agressividade, uma mulher precisa se defender, são séculos e séculos de submissão. Basta. Engatilhei a arma mais uma vez e atirei, bem na cabeça. De qualquer forma, sem o pinto ele não serviria para mais nada.

Ao chegar em casa, abri um vinho tinto. A voracidade do primeiro gole empurrou o álcool para minhas narinas. Tossi. Depois passei o resto da noite sentindo culpa porque eu não sentia culpa. Era assim, então, que a coisa funcionava? Dormi muito bem, tive sonhos agradáveis. E achei que minha sanha justiceira estava saciada. O sossego se estendeu por três meses.

Logo depois do Natal, não sei bem por que, comecei a pensar na capa de um livro que trazia o desenho da roda da fortuna. Na minha lembrança, era um desenho cheio de detalhes, uma roda de madeira clara e um homem que girava, preso a ela. A roda girava, girava e mostrava o homem de pernas abertas, cabeça reta, braços um pouco elevados. Busquei na memória o nome do livro e a imagem exata, mas não encontrei. Abri o notebook e digitei as palavras-chave. Em meio a diversas páginas, li: "a roda da fortuna pede que se conscientize de que o mundo não está contra si, as energias cósmicas do universo devem ser avaliadas para que consiga entender as situações que o rodeiam. As situações nem sempre serão como você deseja, o universo tem suas próprias razões e caminhos." Era o suficiente. Fechei o note.

Uma estrada, eu buscava uma estrada reta, meio deserta, como nos filmes de suspense. Se tivesse bolas de feno rodando, tanto melhor. Dirigi por mais de setenta quilômetros e parei numa paisagem alaranjada e sem vento. Assim que notei o caminhão, inclinei-me sobre o capô. Imaginei que o ângulo formado entre meu tronco e pernas evidenciava o contorno dos meus glúteos. Eu vestia um jeans justo e uma camisa branca com as bordas amarradas na altura do estômago. Óculos escuros, com armação de gatinha, eu era a própria mulher indefesa dos anos cinquenta. O barulho desagradável dos freios do caminhão demonstrou que o motorista mordera a isca. Virei-me para ele com uma expressão de angústia. Fundiu o motor, dona? Acho que sim. Poxa vida, estou bem atrasado, não vou poder ajudar. Ele pensou um instante. Mas posso te levar até o posto mais próximo. Você faria isso por mim? Meu coração pulava de alegria, quanto tempo sonhei com esse diálogo. Claro, claro, ele respondeu. Adoro rapazes gentis. Ao entrar na cabine, agarrei-me à lataria superior e deixei que aparecesse parte de minha cintura. Ele não foi discreto ao olhar. É esse mesmo, pensei, o universo tem suas próprias razões e caminhos. Não demorou a começar com o assédio. O que uma moça faz sozinha na estrada? Não tem medo? E se aparece um tarado? O mundo anda bem violento. É casada? Tem namorado? Não, não tenho. Sou sozinha, eu disse e chupei os lábios. Ele compreendeu. Bem, eu disse que estava atrasado, mas penso que se a gente parasse um pouquinho não teria problema. Não chegou a perguntar, entrou no desvio para uma estrada de chão e estacionou em frente a uma casa abandonada. Você conhece esse lugar?, perguntei, tentando manter a imagem angelical. Algumas vezes paro aqui, tomou ar e prosseguiu, quando preciso descansar. Vi-o forçar a porta de entrada e voltar com uma chave. Venha, ele disse sem cerimônia. Eu desci e o acompanhei em silêncio. Rodeamos a casinha em direção aos fundos. Observando seu caminhar, lembrei do ensinamento de minha tia: homem com perna cambota é bom de cama. Se ele fizesse um bom serviço talvez eu o deixasse vivo. Assim que ele trancou a porta do quarto, um pardieiro abafado, com um quadro torto, tirei a roupa para assumir meu papel. Vamos ver se você sabe do que uma mulher gosta. O que é isso, dona?, ele se aproximou de forma brusca, entre quatro paredes quem dá as cartas sou eu. Abaixou as calças e me puxou pelos cabelos, forçando minha nuca contra sua pélvis. Achei uma falta de higiene da parte dele. Tinha um chuveiro, ele poderia se apresentar mais limpinho. Ele insistiu, apertou minha nuca cada vez mais forte até gritar o gozo. Eu cuspi longe e ele me esbofeteou. Tem que engolir, vadia. Passei as costas da mão sobre a boca, levantei e pedi licença para ir ao banheiro. Preparei a cara mais humilhada possível e fechei a porta. Tomei um banho para remover os sinais da excitação e voltei ao quarto, submissa. Nu, esparramado na cama, ele ordenou: senta aqui, putinha. Aproximei-me, toda tímida, e ele me puxou com força.

Forçou-me contra sua pélvis e gozou bem rápido. Achei terrivelmente grosseiro, se eu não tivesse facilidade em gozar teria esbofeteado sua cara. Agora me traz um cigarro, acertou-me um tapa nas nádegas. Caminhei até minha bolsa. Discretamente peguei o revólver e uma fita adesiva que eu separara para a ocasião. Abri sua carteira e olhei as fotos: ele, uma mulher e duas crianças. Você não me disse que era casado, resmunguei. E desde quando vadia precisa de explicação? Ele riu alto, escandaloso, com a nítida intenção de me desprezar. Não suportei a atitude acintosa, apontei a arma. Agora você vai me ouvir, eu disse fingindo calma. Ele sobressaltou-se na cama, tentou levantar. Quieto, engatilhei a arma. Ele se encolheu, protegendo o pau com a mão. De longe, calculei o tamanho da cama. Que sorte, era o ideal, não muito larga. Atirei o rolo de fita. Amarra um pé de cada lado. Ele fez que não entendeu. Amarra logo. Ele desenrolou a fita e a passou de forma displicente, frouxa, ao redor dos tornozelos. Assim não, eu disse, amarra no tornozelo e no pé da cama, com várias voltas. Ele obedeceu, não era tão burro quanto eu imaginava. Não queria matá-lo rápido, eu tinha planos. Assim que ele terminou, me aproximei para verificar. Num impulso ingênuo, ele tentou alcançar meu braço. Arranhei-o, dá essa mão aqui. Amarrei a mão direita dele na guarda da cama. Depois passei a fita, bem apertada, por duas vezes mais em cada pé. E por último, amarrei a mão esquerda, do outro lado. Afastei-me para verificar a linda composição: homem grisalho de olhar penetrante, nu e indefeso. Pernas e braços abertos, como o homem vitruviano. Sem soltar o revólver sentei na cara dele. Atue como se disso dependesse a sua vida. Ele começou a mover os lábios, abrindo e fechando a boca sem nada de criatividade. Vamos, idiota, lute pela sua vida. Nada de carinho ou empenho, fui obrigada a entrar em ação. Quando terminei, percebi que meu prazer não o excitava. Um cara desses não pode viver. Saltei de cima dele e apontei o revólver. Você é grosseiro, infiel, mas a grande surpresa é que não gosta de mulher. O homem me olhou, as sobrancelhas se uniam altas, no meio da testa. Sempre me comovo com canalhas que têm coração. Vou te matar sem sofrimento, prometi. Tateando com o dedo indicador, senti as batidas de seu coração acelerado. Veja só, você tem um coração. Encostei o cano da arma, girei-a duas vezes, como forma de carinho, e atirei. Ele emitiu um gemido rouco, e depois um suspiro. Morreu de olho aberto. Os outros cinco tiros foram no peito, uma costura circular com o coração imperando no centro. Uma imagem belíssima, de um canalha todo furado, com os olhos vazios e a cara lambuzada com meu sumo foi o que ficou daquele romance de beira de estrada.

Depois disso tive paz. Não absoluta, uma paz relativa que se estendeu por quase um ano. O que impedia meu sossego eram os sonhos recorrentes. Eu sonhava com uma roda de madeira girando, um homem nu pregado e eu de olhos vendados, atirando facas. Pelo menos uma vez por semana, esse sonho me atormentava. Então eu saía algumas noites com meu revólver, metia-me em situações de perigo, só para ameaçar o possível agressor. Assustava-os, apenas, e isso me devolvia o sono. Uma ou duas noites depois, o sonho voltava, cada vez mais plausível, vívido. Eu precisava realizá-lo. Visitei minha tia, entre uma e outra xícara de chá de camomila, ela estendeu a toalha de feltro verde sobre a mesa da cozinha e pôs as cartas. A roda da fortuna, ela dizia, aparece muito, toda vez que eu abro o baralho. É mudança, querida, ela gritou da porta, depois que a beijei na despedida. Suas dicas serviram como impulso, decidi fazer aulas de marcenaria. Em pouco tempo, aprendi a cortar, aplainar, lixar, pregar e acoplar a engrenagem para a minha roda. Aluguei um galpão, que transformei em ateliê. Ninguém reparou quando comecei a treinar o lançamento de facas, não faz mais barulho que um martelo. Quando tudo estava pronto, saí em busca de um modelo para o que prometia ser a minha grande obra.

Um grandão, cabelo curto com um leve topete, pele cor de bronze. Tive que seduzi-lo, o que foi uma barbada. Aproximei-me da janela do carro e, com cara de mocinha perdida, pedi informação sobre uma rua. Ele não sabia informar, adoro isso, quando eles não sabem informar. Agradeci e me afastei, simulando dificuldade em caminhar com meus saltos. Ele não sabia o endereço, mas se ofereceu para ajudar de outra maneira. Uma carona, quem sabe? Sim, obrigada, apontei para meus pés, uma carona seria uma bênção. Eles adoram religiosas indefesas. Mas – essa parte da conversa é importante – não posso aceitar, não conheço você e o mundo, sabe, o mundo anda muito perigoso. Desviei o olhar para o céu. E só voltei a olhá-lo após o sobressalto que simulei ao ouvir a batida da porta do carro. Muito prazer, Alexandre, ele saltou na minha frente e sorriu, vamos tomar um café e depois você decide se posso te dar carona ou não. Quando o vi de corpo inteiro, confirmei que ele não era o melhor modelo para minha obra. Devia ter um metro e noventa e era bastante musculoso. Eu não teria forças para pregar um homem daquele porte na roda. Mas o destino é interessante e imprevisível, alguma coisa nele me atraía a ponto de eu não conseguir deixá-lo. Acho que era a falha de um dente de cima. Não aparecia muito, só quando ele sorria mais largo. E o que você faz, Alexandre? Representante comercial. Sabia. Sabia como? Os representantes comerciais fazem academia e se vestem bem. Tímido, ele agradeceu. Veja só, que coincidência, me atrevi ao limite do deboche, há um café bem aqui na esquina. Sentamos, um de frente para o outro, a mesa redonda, pequena, a garçonete pedindo licença, anotando pedidos com a voz esganiçada, outros clientes esbarrando em nós. Amigos da escola, colegas de trabalho, clube que frequentou na infância, com o cardápio cobrindo meus olhos, eu procurava uma conexão com aquele homem grande. Um café, por favor, carioca. O mesmo que ela, ele sorriu. Acho que te conheço de algum lugar. Ufa, finalmente. Eu deveria agradecê-lo pela cantada antiga. Sorri, essa é velha. De onde será? Você não andava com a irmã do Marcinho? Que Marcinho? O dali do centro. Claro, claro, faz um tempo. Nem lembro mais o nome dela. Éramos amigas, não muito próximas. Viu? Agora você me conhece, pode aceitar a carona. Ufa, que bom que esse rapaz é rápido na paquera. Eu sorri, limpei os lábios no guardanapo de papel.

Ele dirigiu devagar, as pernas bem afastadas como quem precisa de espaço para acomodar algo, as mãos abertas sobre o volante, tentando demonstrar segurança. Indiquei o endereço do ateliê, pedi que ele estacionasse na rua lateral. Tem velhinhas bisbilhoteiras no prédio ao lado. Você pinta?, ele se interessou. Pinto, eu respondi. Posso ver?, fez menção de se dirigir à roda, oculta sob um lençol branco. Não, eu me apressei, só mostro quando o trabalho está finalizado. Senta, vou preparar uma bebida gelada para você. Ele aceitou, quase vibrei quando ele aceitou. Ameaçar um grandão desses só com meu revólver seria loucura. Precisava colocá-lo para dormir.

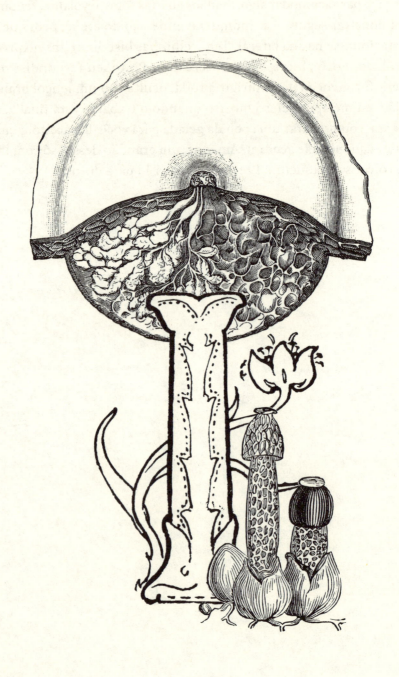

# Iara ou Ísis,
## Isamara ou Isadora

Fechou a persiana do quarto, certificou-se de que não havia frestas e rasgou o papel pardo que embrulhava o pacote. Desvelou o conteúdo que por tantos meses aguardara. Era Iara ou Ísis, Isamara ou Isadora. Ainda não tinha se decidido, o importante era começar com I, a mesma inicial daquela diaba.

O papel que envolvia a caixa se rasgava em vários pedaços sem libertar o produto. Eustáquio, então, arrancou as bordas, a cola e despedaçou os grampos que uniam as laterais. A nova companheira repousava com um aspecto raivoso. Não tinha a aparência plácida de uma bela adormecida, uma dobra no látex deixara um olho amassado e o canto da boca curvo para baixo. Sem demora, Eustáquio começou a soprá-la. Grudou os lábios na válvula posicionada no cóccix da namorada. Soprava todo o ar de seus pulmões e, nos instantes em que recuperava o fôlego, roçava a língua sobre a superfície entre as nádegas. Olhou-a fofa, meio cheia, meio vazia. Isamara parecia triste.

Seriam felizes, tinha absoluta certeza de que seriam.

Quando o coração acelerou, reclamando do esforço, faltava muito ar para que a mulher tomasse a forma definitiva. Procurou a bomba, devia ter uma na caixa. Não achou, pensou numa bomba de ar para pneus de bicicleta ou o calibrador dos postos de gasolina. Teve medo. Quando criança presenciara o estouro de um colchão de ar. O frentista se distraiu e pow, explodiu tudo num piscar de olhos. Voltou para casa arrastando aquele plástico rosa e amarelo, a mãe furiosa porque ele não soube se impor, exigir que o frentista pagasse um colchão novo.

Ísis não passaria por isso, ele a encheria com o próprio fôlego. Investira um bom dinheiro para ter a melhor representação da diaba: a mesma cor de cabelo, a mesma curvatura dos quadris, o mesmo formato dos olhos. Encheu-a e lembrou-se de verificar se a válvula estava bem vedada antes que pudesse agarrá-la com toda paixão. Abraçou-a com os braços e as pernas e assim dormiu a primeira noite. Babou em seu rosto. No meio da madrugada, sentiu a ereção. Com todo o cuidado, removeu a camisola de Iara. Afastou sua calcinha, tocou-a com delicadeza. Queria vê-la acordar excitada. E assim aconteceu. Um pequeno suspiro, talvez um ar que tenha escapado pela garganta de Ísis, denunciou que ela estava disposta ao sexo. Eustáquio mal se conteve, deitou-se sobre ela e a penetrou. Que mulher doce, que mulher pacata, não reclamava, não o repelia, aceitava-o com os olhos meigos, a boca receptiva. Gozou rápido, dormiu com a certeza de que tinha encontrado a felicidade. Na manhã seguinte preparou um café e levou na cama. Escorada em dois travesseiros, Iara não movia os olhos. Comia pouco, quase nada, Eustáquio logo soube. Não era mulher de exigir presentes, não daria grandes despesas. E a boca, tão macia, aceitava seu pênis inteiro. Como a diaba nunca na vida o recebera.

À noite, tomado pela sensação de que a havia desrespeitado durante a lua de mel, mudou o comportamento. Introduziu o pau com cuidado, quase se desculpando pela indelicadeza. Depois não pôde mais segurar a gana de penetrá-la, forçou-se contra Iara infinitas vezes, socando-a contra o colchão, contra as paredes do quarto e a porta do roupeiro. Após o gozo, chorou abraçado a ela, pedindo mil desculpas pela brutalidade. Viu-a chorar, mas também a viu sorrir.

Safada.

Censurou o próprio pensamento, o peito não continha tamanha devoção. Pela primeira vez na vida era correspondido.

Tirou férias para se dedicar à Isamara. Dava-lhe banhos demorados, cozinhava, servia café na cama. À noite, carregava-a no colo, cobria seu corpo e beijava sua testa antes de apagar a luz.

O tormento de Eustáquio começou quando teve que retornar ao trabalho. Tentou negociar mais quinze dias, o chefe mostrou-se irredutível. Não e não. Em desespero, Eustáquio recorreu ao médico que vendia atestados. Conseguiu passar a conversa do mal-estar por duas vezes, na terceira sofreu advertência. Sua produção vinha caindo e a porta da rua era logo ali. Desesperou-se ainda mais, chegando ao extremo de forçar um acidente de trabalho que o afastou por mais dois dias. Com o braço enfaixado, gritou por Isadora assim que pisou na sala. Ela não estava lá.

Enfureceu-se, sabia que não podia deixá-la sozinha, com tanto tempo livre, a cabeça desocupada. Sabia que precisava suprir as necessidades da esposa.

Encontrou-a no quarto e a achou diferente, com um semblante assustado.

Cadê ele?, gritou.

Frente ao silêncio, quase partiu para a agressão. Foi um segundo de descontrole, conseguiu se conter a tempo. Ajoelhou-se aos pés de lara, jurou que não faria mais isso, nunca mais, nunca mais. Jurou que controlaria o ciúme, essa cobra venenosa que o comia por dentro. Também, por que ela era assim, tão linda, tão macia, tão gostosa? Penetrou-a sem pedir licença. Percebeu que a machucava, mas não quis parar. Gozou forte, com fúria, esmagando o pescoço de Isadora. Não a encarou, teve vergonha. Desceu e preparou o jantar. Levou-a no colo, serviu vinho, brindou e dormiu convicto de que haviam selado a paz.

Na segunda-feira que Eustáquio retornou ao serviço, deixou recomendações:

Não saia na rua, nem mesmo até o portão.

Não fale com ninguém, não atenda o telefone.

Não troque de roupa com a cortina aberta.

Não abra a janela.

Não olhe para fora.

Antes de sair, beijou seu rosto. Teve a impressão de que Iara o olhava com desprezo.

No trabalho, não conseguia pensar em outra coisa, escondia-se no banheiro, telefonava para casa a fim de testá-la. Agradeceu aos céus todas as vezes que a ligação tocou até cair. Uma vozinha, entretanto, dizia que ela estava ali, bem ao lado do aparelho, rindo-se toda. Ela não o amava mais, podia envená-lo ou cravar uma faca em seu peito durante a noite. Passou a vigiá-la, escondia-se atrás da porta e aguardava o menor deslize. Antes de deitar, verificava embaixo da cama, do travesseiro, das cobertas. Pesadelos o atormentavam, via-se amarrado a uma roda de madeira que girava enquanto Ísis lançava facas.

Precisava fazer alguma coisa, não podia permitir que seu amor o estraçalhasse, mas não podia aceitar que Isamara partisse. Ao sair do trabalho passou no depósito de ferragens, comprou corrente e cadeado. Acorrentou-a à cama logo após o sexo. Desceu, comeu sozinho, chorando. Antes de deitar, chorou de novo, esfregou o rosto ensopado nos seios dela. Notou-a fria, não o amava mais? Outra noite em claro tentando conversar e ruminando o amargor do desprezo. Na manhã seguinte, voltou a acorrentá-la. Isadora seria sua, por bem ou por mal. Quando voltou, ela estava com a mesma cara, na mesma posição. Uma fúria insana o tomou.

Puta, puta, puta, esbofeteou-a.

Humilhado, saiu do quarto, nem se deu ao trabalho de dizer aonde ia. Não a ouviu perguntar, nem mesmo suplicar para que ficasse. No bar, sentou-se no canto mais remoto. Não segurou as lágrimas ao perceber casais se beijando, fazendo planos. Quinze para a meia-noite, com a cabeça alta de vodca, pagou a conta. Era agora ou nunca. Chutou a porta do quarto, encontrou Ísis com a mesma cara de desprezo. Voltou à cozinha, buscou a faca do churrasco. Ameaçou-a:

Me ame!

Ela permaneceu impassível, sem mover um músculo sequer. Eustáquio encostou a faca em seu peito e a obrigou a chupá-lo. Ísis obedeceu.

Chupa, desgraçada, Eustáquio soluçava. Chorou tanto que perdeu a ereção.

É culpa tua, acertou uma bofetada na cara de Isamara.

Esperava que ela revidasse, desejava uma agressão. Quem sabe se ela o atacasse, unhasse seu rosto, mordesse seu pescoço, quem sabe essa faísca incendiaria a mulher que um dia o amou. Sem saída, Eustáquio enfiou a faca no peito de Isamara. Ouviu o ar escapando, devia ter acertado no pulmão. Puxou o cabo e notou que não havia sangue. Enfiou-a de novo, e de novo, e de novo. A cada estocada, analisava a lâmina, limpinha. A puta deu até seu sangue para algum vagabundo. Enquanto perfurava o colchão, os lençóis e o que sobrara de Ísis, Eustáquio deparou-se com a maior ereção da sua vida.

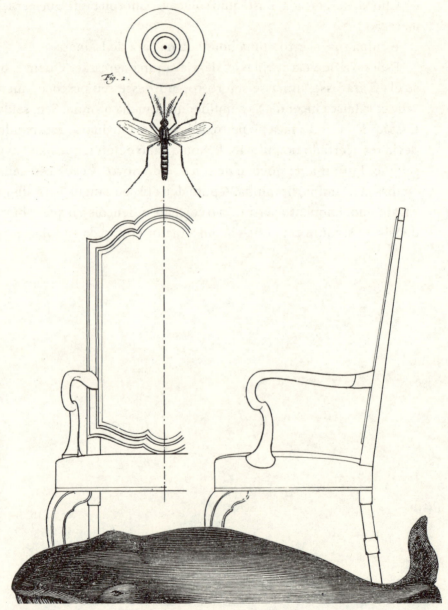

SCALE: 2"=1'-0".

# Silêncio das coisas imóveis
## 08

Esther chegou primeiro, não teve dificuldade para achar a casa. Mandou mensagem: bem fácil, é um portão azul. Ainda estávamos longe, o GPS nos direcionou para uma estrada escura. Avançamos com cautela, além de mal iluminada, a estrada era sinuosa e não tinha acostamento. Parecia uma via construída apenas para ligar as propriedades rurais da localidade.

Pensei em coisas ruins, sempre penso em tragédias. E se o pneu furar? E se o sistema elétrico sofrer pane?

A voz feminina do GPS anunciava que ainda tínhamos treze quilômetros pela frente.

Às vezes esse aparelhinho te coloca em encrencas, não?, perguntei.

Ele busca o caminho mais rápido, Simona respondeu. Às vezes, o pior.

Procurei uma música para acalmar meus nervos. Treze quilômetros e cinco repetições de *Smooth criminal* depois, embicamos o carro em frente ao portão azul. Desci, forcei com o pé. O portão cedeu. Não havia cadeado, uma corda frouxa unia uma tábua à outra. Esther nos esperava sentada na rede.

Você não teve medo de ficar sozinha?, perguntei.

Nada, ela disse, não tem perigo algum.

A casa era térrea com as aberturas pintadas de azul, do mesmo tom do portão. Havia dois quartos na parte de dentro e dois quartos que se acessavam através da varanda. Escolhemos os de dentro, eu e Simona nos acomodamos num, Esther no outro. Ela abriu a porta dos fundos e acendeu as luzes para mostrar a piscina. O aspecto desolado do terreno também não me agradou, mas fingi estar animada para um banho.

O piscineiro esteve aqui, Esther disse, colocou o produto, falou que amanhã tá liberado. Refletiu por uns instantes, se fizer calor, é claro.

Não havia a menor possibilidade de fazer calor, soprava um vento frio, obrigando-nos a buscar mantinhas para nos cobrir. Esther trouxe o cinzeiro e o baseado. Decidi ir com calma, não sou acostumada a fumar. Não queria enxergar meus braços e pernas longos demais, não queria ouvir barulhos, ou ficar na piração de a casa ser invadida a qualquer momento. Fumei o suficiente para soltar o riso e o apetite.

Mas bebi além da conta, e quando resolvemos fechar as janelas da frente da casa (para frear a invasão dos mosquitos) notei o quanto estava alta. Olhava para os quadros da parede (uns seis ou sete) e os achava ameaçadores. Passei a encarar aquelas paisagens com desconfiança, não conseguia desvendar a assinatura do artista das obras. O sofá da sala, construído sobre uma base de tijolos, acompanhava as paredes da frente e do banheiro formando um L. Tinha o tamanho de dois colchões de solteiro e estava coberto com almofadas. Não quis me sentar ali. Depois impliquei com a televisão, que emitia um ruído estranho.

Ninguém tá ouvindo isso?

Não, só eu ouvia. Esther e Simona tiraram onda com a minha cara, dizendo que eu estava muito chapada. Ofereceram água, Coca-Cola, chocolates, doce de leite. Aceitei tudo, mas segui implicando com os móveis. As duas estantes brancas que ladeavam a TV tinham a madeira inchada, quase se desmanchando nas laterais. E as colchas que cobriam o sofá cheiravam a mofo.

Nossa, tu tá muito chata, Simona disse.

Decidi tomar banho, talvez ajudasse a recuperar minha paz. Deparei-me com um novo problema: o ralo do chuveiro era fundo. Não consegui relaxar, só olhava para o buraco engolindo meu pé, quebrando meu tornozelo. Antes de terminar de me lavar, faltou luz. Ouvi os gritinhos das meninas. Por sorte foi rápido, só uma queda, o chuveiro nem chegou a esfriar. Saí do banho, decidi aceitar a saideira enquanto meu cabelo secava. Eram duas e pouco quando deitamos.

Acordei quase quatro da manhã com uma tremenda sede. Caminhei até a geladeira, me servi de água, um copo, depois outro. Andei até o quarto de Esther, espiei-a dormir. A casa fora projetada de um jeito que a porta de um quarto ficava de frente para a do outro, e no meio de tudo a peça grande que unia sala e cozinha. Da porta do quarto de Esther pude ver que Simona, no nosso quarto, também dormia um sono pacífico. Desliguei as luzes e me sentei. Queria sentir o ambiente. Nada parecia estático ali. Tudo se movia, mesmo que com certa lentidão. Eu era a intrusa e não era bem-vinda. Minha presença, um estorvo. Os objetos se moviam melhor quando ninguém os observava. Senti uma pressão estranha nas têmporas, mas não queria voltar para a cama. Acendi a lanterna do celular, apontei para um lado e para o outro, tentando adivinhar qual objeto se moveria primeiro. Iluminei a peça da direita para a esquerda, como se minha fonte de luz fosse tão poderosa quanto um sol. Brinquei com as luzes e sombras, até que uma sonolência muito forte me atingiu. Quase não consegui caminhar até a cama.

Acordei resfriada, com o corpo todo picado pelos mosquitos. No café, contei para as meninas sobre a minha noite insone.

Você tá doida, elas disseram. Bora fumar mais um pra relaxar.

Aceitei, mesmo sem vontade. Estávamos de férias, eu teria dias para me recuperar das ressacas. Abrimos a porta que dava para o pátio dos fundos, a água da piscina continuava turva.

Vamos esperar, Esther disse. Ele deve vir para terminar o serviço.

E essa casinha, aqui?, perguntei.

A edícula tinha dois andares e revestimento de material de qualidade superior ao usado na casa principal. Pensei que o piscineiro poderia morar ali.

Vai ver ele é o caseiro, eu disse.

Pode ser, as meninas concordaram. Se é, tá fazendo trabalho externo.

Pensei em explorar, mas tive receio de que ele chegasse bem na hora e me flagrasse. Fui só até o portão dos fundos, também pintado de azul, e espiei para dentro da única janela térrea. Enxerguei uns caixotes, um tapete talvez. Ou uma rede. Perguntei se íamos usar a piscina. Não, melhor pegarmos uma praia, respondeu Esther.

Sentamos na areia, o mar estava indócil. Simona explicou que o vento, quando vem do mar, deixa as ondas bagunçadas.

Não tem como surfar, tudo mexido. Mesmo assim, estava bonito. No fundo, atrás da rebentação, o sol incidia sobre a água e formava um tapetão dourado. Isso só percebemos quando subimos na duna. Da beira, víamos as ondas quebrando com violência. O vento espirrava a espuma longe. Algumas vezes fomos atingidas, o que apressou a nossa volta para casa. Ao chegarmos, encontramos a piscina limpa e um bilhete: desliguem o motor. Mais abaixo, as instruções sobre como desligá-lo. Sentamos, ainda havia cerveja gelada no cooler. Fumamos mais. Por volta das oito estávamos arrumadas para a festa na vilinha. Arrumadas, no caso, era de short, camisa de manga comprida e havaianas. Não havia necessidade de se emperiquitar muito, a praia era de gente simples. Bebemos mais um pouco e até dançamos. Simona se agradou de um garoto mais novo que ela. Trocaram telefone, ficaram de se encontrar no dia seguinte. Ela voltou grudada no celular e eu dormindo no banco de trás. Ao embicar no portão, Esther deu um grito para que uma de nós fizesse o favor de abri-lo. Fui mais rápida que Simona. Olhei para a casa e estranhei as luzes acesas.

Não deixamos tudo apagado?, perguntei à Esther.

Ah, sei lá. Nem lembro, ela disse.

Simona também achou que tínhamos apagado tudo. Mas não tenho certeza, completou.

Escovei os dentes, fui direto para a cama. Elas ainda beberam mais algumas. Assim que a casa se aquietou, meu sono foi para o espaço. Olhei no celular, duas e nove. Puta que pariu, pensei, tô louca pra fazer xixi. O movimento dos móveis, entretanto, me preocupava. Tive medo de levantar, segurei o xixi o quanto deu. Quando a bexiga estava quase estourando, corri para o banheiro. A porta bateu com um estrondo, achei certo que as meninas acordariam, mas isso não aconteceu. Saí pé por pé e não consegui controlar a curiosidade: precisava espiar a sala. Para meu alívio, estava tudo normal. Mas os móveis continuavam ressentidos de minha presença. Um segundo antes de apagar a luz, notei movimento. Um vulto, logo atrás de uma das estantes. Respirei fundo, mirei com a lanterna do celular. Não era nada, só impressão. Voltei para a cama, demorei a dormir. A todo o momento eu esperava barulhos vindos da sala. Caí no sono por volta das três e meia, acordei sete e doze. Tive tempo de preparar o café para Esther e Simona, e fazer torradas. Elas haviam escolhido a praia que visitaríamos. Uma praia mais calminha, que o novo amigo de Simona indicara. Fomos de guarda-sol, cooler, cadeiras, cangas.

A maré não ajudou, estava altíssima. No pouco espaço da faixa de areia, uma aglomeração de curiosos se formou. O novo amigo de Simona veio contar, era uma carcaça de baleia que a maré alta havia desenterrado. Caminhamos até lá, esperava ver a ossada, apenas. A baleia não havia se decomposto, a pele permanecia quase intacta, só que podre. Fedia muito, mesmo assim pessoas se aproximavam, olhavam, tiravam fotos.

É uma jubarte, alguém disse.

Deve ter uns quatro metros, outro alguém replicou.

Muito mais, um terceiro disse.

O ir e vir das ondas, invadindo a carcaça da baleia, me hipnotizou por um tempo. Dependendo do ângulo, o couro se movia como algas flácidas, ou se descolava dos ossos e podia-se ver a espinha.

inteira. O novo amigo de Simona fez sinal para que nos afastássemos. A patrola da prefeitura chegaria para enterrar a carcaça de novo. Mais fundo.

O novo amigo de Simona nos acompanhou até a casa. Eles se trancaram no quarto, transaram, enquanto eu e Esther bebemos o resto da cerveja no quintal dos fundos. Tentamos adivinhar se o piscineiro morava ali ou não, e Esther, de novo, me desafiou a entrar na edícula. Não fui, claro. Anoitecia e eu tive medo. Por volta das nove, Simona e seu novo amigo se juntaram a nós. Ele contou histórias engraçadas sobre a vilinha, e depois a coisa ficou pesada. Contou casos de crimes nunca solucionados, alguns envolvendo criaturas sobrenaturais. Depois de muito nos assustar, ele foi embora. Beijou Simona muitas vezes, prometeu falar com ela todos os dias.

Fizemos um churrasco de forno, a carne pesou em nossos estômagos e perdemos o ânimo de aproveitar nossa última noite. E então, naquela madrugada, aconteceu. Não era um vulto, consegui enxergar com perfeição. Era um homem, totalmente nu, bem nos pés da minha cama. Ele não olhava para mim, mas para Simona, e não percebeu quando despertei. Fiquei estática, esperando alguma coisa, um ataque ou uma fuga. Ele não se mexia, mal respirava, e eu conseguia ver seu pau ereto. Muito tempo depois, como se ouvisse um chamado, ele se movimentou devagar. Achei que fosse sair pela porta dos fundos, mas não. Ele foi até o quarto de Esther e ali ficou, do mesmo jeito, parado. Durante mais de meia hora, ele olhou para Esther. Depois saiu.

Eu levantei, precisava segui-lo. Ele caminhou até o portão azul, abriu-o e parou num canto, ao lado da edícula. Era o piscineiro. Atrás de um arbusto, observei-o. Ele começou a acariciar o pau e em seguida a bater uma punheta. Ele forçava e forçava, cada vez mais rápido, sem conseguir um alívio. Começou a gemer, depois a chorar baixinho. O choro se intensificou, ele passou a soluçar e urrar, como um animal ferido.

Tanto barulho despertou as meninas, que acenderam todas as luzes da casa. Esther apareceu na porta, gritou por mim. Eu acenei, fiz um gesto para que calasse a boca. Alheio a tudo, o piscineiro continuava esfregando o pau, gritando, chorando. As luzes da casa vizinha, três terrenos adiante, também se acenderam. Alguém gritou um cala a boca e emendou: vou chamar a polícia. Era um blefe, claro, não havia polícia. Alguns gatos se aproximaram, empoleiraram-se sobre o portão azul, solidários com aquele lamento que terminou da mesma forma que iniciou: abrupto.

Depois o silêncio das coisas imóveis nos invadiu. Amanheceu, por fim. A água da piscina voltou a ser turva. E o vento trouxe o odor insuportável da carcaça da baleia.

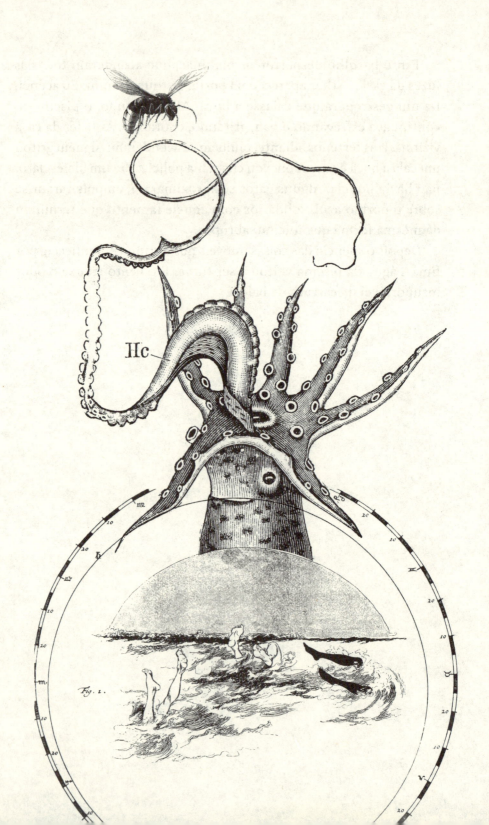

## 09 Sabotagem

Carmen veio me ver no verão. Eu insisti, não queria passar mais um réveillon sozinha. Ela me fez jurar que comemoraríamos com um jantar discreto. Nada de convidados, alguma bebida, nada de fogos. Cozinharíamos em casa. Estava um tanto mais assustada do que eu, a todo o momento citava alguma notícia que ouvira sobre a nova variante.

Desceu do carro arrastando uma mala pequena que produziu um trilho evanescente no gramado. O sapato de salto veio dentro de uma sacolinha de supermercado.

Para o dia 31, explicou.

Fora isso, não trouxe expectativas. Disse que os dois últimos anos tinham mudado sua forma de ver o mundo. Eu me recostei na cadeira e devo ter feito uma cara bem feia. Que inferno, pensei, Carmen aderiu à positividade tóxica. Vou passar a entrada do novo ano ouvindo sobre meditação e fluxo de energia. Durante o almoço, relaxei. Percebi que tinha me enganado. Carmen deixou claro que se tornara menos consumista, menos vaidosa, mais resignada a respeito do avanço dos anos sobre sua pele, seus músculos e nervos.

É a velhice. Temos que aceitar, disse, enquanto remexia o restinho de risoto de polvo que sobrara no prato.

Na manhã seguinte, protegidas com filtro sessenta, óculos e chapéus, escolhemos o lugar mais reservado da faixa de areia. Não havia muito barulho, as conversas dos outros banhistas mal alcançavam nossos ouvidos, a caixinha de som mais próxima emitia música brasileira num volume agradável. Ousamos até exagerar nas doses de caipirinha. Sonolenta e com uma leve dor de cabeça, comecei a recolher as coisas. Carmen quis se bronzear um pouco mais. Sugeriu que eu fosse para casa antes, tempo suficiente para que eu tomasse uma ducha e desocupasse o banheiro. Chegou vinte minutos depois, um pouco alta da caipirinha. Contou que viu uma coisa estranha, uma praia grande, cheia de edifícios. Eu concordei, ao norte havia Capão da Canoa, embora eu achasse que ali da minha prainha fosse impossível enxergar os prédios. Carmen respondeu que sabia onde ficava Capão da Canoa. Não falava de Capão, os edifícios grandes ficavam ao sul. Sem querer cortei o assunto. Ofereci um peixinho frito: Prova aí antes que esfrie.

À tardinha saímos para caminhar e Carmen voltou a falar dos prédios. Eu disse que não havia prédio algum na beira da praia, não assim, tão perceptível. Ela estava convicta, tão teimosa que me fez acreditar. Recuei das minhas certezas, talvez houvesse algo que eu nunca percebi. Ou um empreendimento de construtora milionária, desses que se erguem em poucos meses. Forcei a visão para enxergar, a bruma impedia. Depois ela confessou que era inútil tentar, não via mais nada, tinha enxergado melhor durante a manhã. Jurou e beijou os dedos cruzados. Ela me provaria. Antes de dar meia-volta, batizamos o lugar invisível: praia fantasma.

Cadê a praia fantasma?, eu a provoquei na manhã seguinte, logo que pisamos na areia. Carmen posicionou a mão acima dos olhos, como viseira. Procurou, procurou, acabou se rendendo: hoje tá ruim de ver. Bebeu sua caipira e me convenceu a caminhar para o sul, mais tarde, assim que o sol descesse. Se não encontrássemos os prédios, pelo menos valeria a caminhada.

Olha lá, ela disse, tá vendo agora?

Não, desculpa.

Vamos um pouco mais?

Será?, tínhamos caminhado quase uma hora.

Só mais um pouquinho. Vamos. Vai que a praia fantasma é o Hotel Califórnia?

Segui, só porque Carmen começou a repetir such a lovely place, such a lovely place, such a lovely face.

Um lugar agradável, eu disse.

Que lugar agradável, ela disse.

Lovely não é amável?

É, fica estranho. Que lugar amável. Acho que a música quer falar de um lugar confortável.

Isso, agradável. Mas nem tanto. É um hotel fantasma.

Sabe que eu nunca tinha pensado nisso?

Voltamos, era escuro. Eu não enxerguei os tais prédios e Carmen perdera um pouco da animação. Mesmo assim, assobiava a melodia da música.

Amanhecemos doentes, Carmen primeiro, depois eu. Não tínhamos sintomas respiratórios, mas intestinais. Carmen se enfureceu quando eu não quis ir até a farmácia fazer o teste. Disse que a doença se apresentava com sintomas diferentes em diferentes pessoas, cada organismo funcionava de um jeito, ela ouvira num de seus vídeos. Culpava-me pelas idas à praia, pelas caipirinhas, pelos descuidos. Sossegou ao retornar com o teste negativo e a informação de que havia uma virose a mais circulando na região, com origem na água. Expliquei o óbvio, a praia ficava superlotada em épocas festivas, nem dava para culpar os banhistas, ávidos pelo reencontro. Era bem possível que os serviços estivessem funcionando acima da capacidade. Nada mais de caipirinhas, prometi. O gelo do quiosque à beira-mar só podia ser de água da torneira, os molhinhos que acompanhavam as frituras deviam estar contaminados. Ok, nada mais de quiosque, estendi a promessa. Saí em busca de água mineral e passei a fervê-la antes de beber ou cozinhar. Em três dias melhoramos.

Na noite de réveillon, Carmen usou o sapato de salto por quinze minutos. Assim que brindamos, ela o retirou e ofereceu a mim. Você trabalha com pessoas, com clientes. Vai aproveitá-los melhor do que eu. Nunca mais quero usar um troço desses na vida.

Não se deixou embriagar, a cada taça de espumante bebia um gole de água mineral. Mas chegamos àquele ponto de semiembriaguez em que confessamos coisinhas, bobagens. Carmen disse que, fazia um tempo, buscava uma coisa.

Que coisa?, eu ri.

Uma coisa, não sei.

Um amor? Um relacionamento?, insisti.

Não é nada disso, ela respondeu meio brava. Uma coisa muito mais especial, mais intensa. Uma verdade.

Eu disse que buscar não era como querer e ela complementou que uma verdade podia não ser uma coisa boa. Mesmo assim, ela buscava isso, nem mesmo sabia o que era. Eu ia repetir a máxima "quem não sabe o que procura, não enxerga quando encontra", achei melhor não.

Posso, mesmo, ficar com o sapato?

É todo seu.

No dia primeiro, ela me convenceu a pegar o carro. Passara a noite pensando na tal verdade que buscava e até sonhou. Achava que tinha tudo a ver com a praia fantasma e o papo sobre Hotel Califórnia. Dirigi pela estrada de asfalto que depois se transformava em barro, depois voltava a ser asfalto e então pedras. Até morrer numa duna.

Para, para, ela disse.

Estacionei, ela escalou a duna menor e depois a mais alta. Famílias se banhavam no mar, eram quatro e pouquinho, devia estar gelado. Não ventava, o céu tinha algumas nuvens. Remexi no bolso do short para me certificar que tinha trazido o celular. O pôr do sol prometia belas cores.

Vem ver, vem.

Subi na duna.

É lá, tá vendo?

Não.

Bom, eu não vejo muito nítido, só consigo ver as estruturas. São prédios enormes. Tipo Dubai.

E me puxou. Vamos, vamos. Acionei o alarme do carro e corri para acompanhá-la. Devia ter calçado um tênis, pensei. E meias, roupas apropriadas. Tomada por uma vontade fora do comum, Carmen caminhou por mais de hora. Avançava, retornava, me puxava. Vez ou outra entoava such a lovely place, algum mantra motivacional ou suas conclusões sobre a tal verdade. Andamos tanto, mas tanto, tive certeza de enxergar alguma coisa. Um vulto gigante, pouco nítido, mas, ainda assim, alguma coisa. Carmen se animou: estamos quase, quase. Pensei nas garrafas d'água que tínhamos deixado em casa, nos quadris e tornozelos, doloridos há mais de meia hora, nas solas dos pés arranhadas por conta da ação esfoliante da areia e em todo o trabalho de retornar, talvez desatolar o carro, dirigir de volta para casa. Em nenhum momento, pensei em pará-la.

Não me enganei: um pequeno curso d'água (na verdade o esgoto da prainha) havia atolado a roda traseira. Um pavor infantil me tomou, a imagem do carro sendo engolido por um campo de areia movediça. Respirei fundo, acelerei. A roda girou em falso. Carmen se ofereceu para empurrar.

Vai, gritou assim que se posicionou perto da roda traseira.

Ouvi seu uivo, olhei pelo retrovisor e vi que um jato de areia acertara seu rosto. Achei que ela fosse me dar a maior bronca. Mas não, ela riu alto.

Minha barriga tá até doendo, disse quando conseguiu recuperar o fôlego.

Mal arranquei, ela caiu no sono. Embiquei no portão, chacoalhei seu corpo inteiro, dei tapinhas em seu rosto, enfiei o dedo dentro de sua orelha e ela nem se mexeu. Toquei na testa de Carmen: você está imunda.

Na manhã seguinte, ela me esperava de banho tomado. Desculpou-se, fazia tempo que não dormia daquele jeito.

No carro?

Sim, no carro. E o mais engraçado é que sinto como se tivesse dormido num hotel de luxo.

Não fez sol, planejamos um dia de preguiça. Leituras, rede, comida leve. Às quatro da tarde, ela levantou cheia de ideias para o jantar. Buscou vinho, cozinhou camarão. Desligou o celular, atirou longe. Revelou que sim, havia alguém. Passava pela fase do desapaixonamento, e isso era a coisa mais triste do mundo.

É como um bicho que desmama o filhote.

Ainda o amava, mas não o ele de hoje. Amava quem ele foi. Era tão ruim isso, da gente se deparar com a certeza de que sempre amamos uma ideia. Refleti um pouco.

Sim, amamos uma figura e ela é idealizada.

É como escalar uma montanha, Carmen disse, a cada etapa vencida você se sente mais viva, mais inebriada da paixão. E quando chega ao cume, quando se depara com toda aquela luz que vem de cima e te acerta por todos os lados, ela te cega. Baixou os olhos, depois só há a possibilidade de descer. É uma merda.

Perguntou se eu não me importava que ela jogasse o sapato de salto fora. Eu disse ok, vai em frente. Jogou-o no lixo da calçada. Depois teve que resgatá-lo. Confessou o medo de perdê-lo, não estava preparada. Ainda não.

Vamos voltar às caipirinhas, disse. Acho que tentava desviar do assunto.

Carmen estava com menos medo, aceitou de boa a proximidade dos banhistas, não reclamou de nos sentarmos bem perto da água. Contou mais detalhes da sua paixão: era homem, trinta e sete anos, comprometido. Na maioria dos dias, ele era bem infeliz. Foi feliz no tempo em que a amou, disso tinha certeza. Era um artista, não compreendia porque precisava seguir as normas básicas da vida:

consumir, comprar, pagar pelo que comprou. Sonhava em se manter só criando, mesmo que para isso tivesse que viver na sarjeta.

É lindo, lindo, ela disse, eu não consegui dar a mão. Nosso cume foi o melhor de todos, parecia que estávamos sendo metralhados.

À noite, relembramos a praia fantasma.

Talvez seja o lugar para os amores em cume, eu disse.

E para a sabotagem, ela riu alto. Riu bastante, tremeu um pouco.

Vamos ouvir música e lamentar, disse.

Pensei em dizer que não achava uma boa ideia fugir do bicho. Que, por experiência própria, eu sentia que o bote do bicho é bem mais intenso nas pessoas que fogem. Desisti, ela havia pegado no sono.

Levantei para preparar o café, havia um bilhete de Carmen.

Não me espera.

Olhei para fora, o dia nascia agradável. Na direção sul, alguns contornos pareciam bem nítidos.

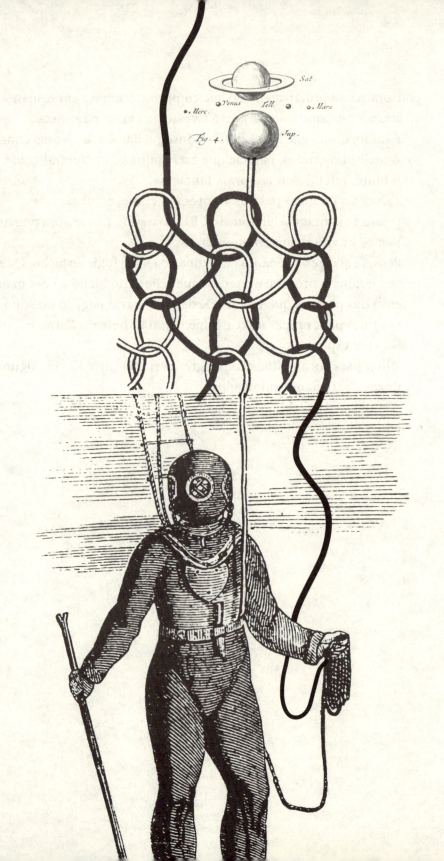

# 10 Imago

*Imago*

Da primeira vez em que a vi, ela corria pela calçada. Fugia de alguém, embora eu não tenha reparado num possível perseguidor. A minissaia parecia intacta, a meia-calça e a camiseta não. Rasgos deixavam à mostra parte das pernas e do ombro. Saltitando, como um corredor que não quer perder o ritmo, ameaçava atravessar a rua metros adiante da faixa de pedestres. Na primeira oportunidade, lançou-se. Alcançou o meio da rua e correu ainda mais. Uma nova leva de carros acelerava para cima dela e de outros dois incautos.

Não olhou para trás, nem quando perdeu a sandália. Os carros, por outro lado, incomodaram-se com o objeto largado no meio da pista. Desviavam para a esquerda, para a direita, cantavam pneus, buzinavam, quase batiam uns nos outros, nos estacionados ou nos postes de luz. Agiam como pessoas tomadas por um tremendo asco.

Do alto de minha janela, zelei pela segurança da sandália. Funcionou por um tempo, até que o ônibus, conduzido por um motorista distraído, passou com as duas rodas por cima. Escutei o barulho, inconfundível, de algo sendo esmagado. Restou um pedaço de plástico, ou borracha, ou couro (do terceiro andar não era possível discernir), uma bolacha vermelha grudada ao asfalto.

Naquela noite, antes de servir a segunda taça de vinho, percebi três lagartas se alimentando das folhas de minha dracena. Busquei informações sobre como espantá-las, interessei-me pela metamorfose do bicho a ponto de pesquisar todas as suas fases de vida. Imago é o inseto adulto, apto para a reprodução. Em especial, no caso das borboletas, há grande simbologia no movimento da larva que abandona o casulo e experimenta, pela primeira vez, suas asas. Cinema, literatura e arte já o exploraram bastante. Para a psicanálise, imago é a representação da pessoa que amadurece mantendo suas conexões infantis. Relaciona-se com pai, mãe, companheiro, de modo oblíquo, esperando ordens, planejando birras.

Não a via como um inseto adulto. Suas perninhas quebradiças remetiam a um cervo recém-parido. É incontestável: ela era forte, do contrário não conseguiria correr montada naquelas sandálias de plataforma. Pelo sim ou pelo não, batizei-a de Imago.

Encarei dias de observações e confirmei: Imago vive no prédio em frente ao meu. Vive mal, conheço os apartamentos. São quitinetes, alguns poucos possuem um dormitório. Minha vizinha não tem privacidade, divide o apartamento com mais gente.

Arranjo um binóculo, lembro da caixa que meu ex deixou na despensa. Buscaria mais tarde, uma visita que nunca aconteceu. Também anoto o número de uma loja de cortinas. Assumir o papel de voyeuse exige algumas precauções.

Reconheço um homem, marido de Imago, que sai de mãos dadas com uma criança. A outra, garotinha de uns dois anos, vai agarrada ao pescoço do pai. Está óbvio que são filhos de Imago, têm a cara dela, quase nada do homem que as conduz para algum lugar. (É sábado, devem ir ao parque).

Há, ainda, uma mulher que participa da rotina da casa. Durante a semana, sai à uma da tarde, leva as crianças e suas mochilinhas coloridas. Retornam às cinco e pouco.

Não há nada de extraordinário com as crianças, são criaturinhas felizes, com olhos curiosos, como a maioria é nessa idade. O marido é diferente. Olha bem mais para o chão do que para o céu.

Quando sai, o que é raro, Imago leva uma bolsa a tiracolo. Não fica muito tempo fora, retorna com sacolas de compras tão pesadas que ela mal consegue carregar. Fuma dois cigarros na frente da portaria. Já a vi tomando sorvete, Coca-Cola, cerveja em lata, iogurte, e uma mistura de energético com vodca. Nunca a vi sair com as crianças.

Há um homem que aparece menos. Veste-se com roupas sóbrias, tem o andar desconfiado. Sua presença, me parece, gera incômodo. Ele estava lá no dia em que Imago correu até perder a sandália.

Não me preocupam as saídas de Imago. Com ou sem salto, ela sabe desviar dos carros. Sua saúde, sim, me preocupa. Ela ostenta, com certo orgulho, marcas horizontais nas coxas, comportamento típico de quem busca uma dor real que se sobreponha às dores invisíveis. Mas pode ser que não tenha nada a ver com dor. Pode ser que ela esteja apenas de saco cheio.

Mais pessoas chegam. Noto outro casal, uma garota de uns vinte e dois anos, um senhor de idade, uma criança de uns oito. Vão se alojando, não os vejo saindo, só chegando. É difícil imaginar onde acomodam tanta gente.

Olho, olho, olho, ela me percebe. Tanto que uma tarde está na minha porta. Sem muita cerimônia, entra, serve-se do meu café e senta no sofá.

O que você quer de mim, sua maluca?

Eu? Mal te conheço.

Conhece sim, muito bem. Acha que eu não sei que você me persegue?

Preciso assumir uma posição de comando. Penso rápido, saio da defensiva. Ataco. E com golpe baixo:

Sei de tudo.

Tudo o quê? A cara de Imago se desfaz um pouco.

Tudo, arrisco. Que você odeia seu marido, o apartamento, as crianças.

Toda aquela pose se transforma num nada. A flor murcha, o caule enverga. De perto, percebo a finura de seus braços, a facilidade com que eu poderia apertar seu pescoço.

Odeio esse lugar, ela diz. Odeio tudo isso aqui.

Eu sei, tento trazê-la para perto, ofereço água, suco, refrigerante. Ela aceita, mas pede vodca para batizar.

Com o tempo piora, eu afirmo. Não há escolha, não para você e seu cabide de responsabilidades. Então melhor parar com essa frescura.

Ela detesta a ideia. Deixa-me lamentando sua partida. No dia seguinte, Imago toca a campainha.

Acende o último cigarro do maço. Posso ficar aqui?

Acomodo-a no meu escritório, no sofá-cama que não recebe hóspedes há muito tempo. Ela dorme um dia inteiro, depois se arrasta até o sofá da sala e liga a televisão. Seus hábitos me frustram, Imago não é viciada em drogas, nem em medicamentos. Apenas estava exausta. Passa o dia inteiro dormindo ou quase. Eu a acordo para as refeições. Não conversamos. Esse bife ficou bom, o suco é de quê?, é o máximo de assunto que nos permitimos.

Até o dia em que, ainda mastigando um pedaço de pão, ela despeja as informações que capturaram seu interesse.

É um grupo de milionários, saíram em busca dos destroços do Titanic. Pagaram uma fortuna para mergulhar num submarino que não é bem um submarino. Acredita?

Balanço a cabeça, mais para deixar claro que estou acompanhando seu relato.

Estão perdidos, incomunicáveis. É possível que tenham caído num abismo. Sabia que existem abismos no fundo do mar?

Eu sabia, sim, mas fiz parecer que não. Ela se posiciona mais confiante para reiniciar sua pequena palestra. São fendas que podem atingir mais de oito mil metros de profundidade. Mais que o Everest, só que para o centro da terra. Não há peixes lá. Ou há?, coçou o rosto. Li que são peixes feíssimos, sem olhos, com os dentes projetados. Alguns brilham. É tão escuro e frio e desolador.

Puxa a coberta sobre suas pernas e permanece calada por uns segundos. Por outro lado, dá uma paz imaginar um lugar assim, diz.

Essa última frase me perturba, me persegue até o quarto. Antes de fechar a porta, peço que diminua o volume da televisão. Imago acata sem resmungar. Desligo todas as luzes do quarto, jogo o celular no fundo da gaveta. Quero sonhar com peixes cegos, o que me vem é Imago enrolada na coberta. Um submarino também é um casulo.

No café, ela tem o humor bom. Conta que os tripulantes sobreviverão. Os militares vão achá-los no último minuto, tem certeza disso. Eles demorarão a recuperar a consciência, serão dias de espera. Depois, de suas casas, contarão dos mistérios do mar profundo. Receberão condecorações, uma medalha especialmente desenhada para exploradores de locais inacessíveis.

Tenho certeza, ela afirma. Solta sua xícara na pia e conta que decidiu voltar para casa.

Você acomoda meu marido?, ela pergunta na hora em que se despede.

Óbvio que não.

E o velho?

Muito menos.

E as crianças? Elas podem morar com você? Só precisa alimentar, higienizar, fazer a lição e levar para a escola. Eu me comprometo a vir nas quintas a tarde. Brinco com elas enquanto você faz as compras da semana.

Minha cara não é das melhores e eu nem tento disfarçar. Empurro-a na direção da porta. Ela insiste: Deixo você beliscar os bracinhos por baixo da mesa. Na hora da bronca você vai gostar disso.

O elevador chegou, anuncio. Empurro-a mais, até vê-la fora do limiar da porta. Seu último olhar não é nada amistoso.

As crianças são suas, grito da sacada. Ela atravessa a rua sem olhar para trás.

Imago não está acostumada a receber não. Partiu sem agradecer a acolhida.

Deixou outra sandália na sala, ao lado da dracena que já não tem mais folhas.

Dias se passam, minha ansiedade diz que Imago pode ter se mandado de vez.

Olho, olho, olho, até que a vejo. Perturbada, ela se apressa para atravessar a rua. Os carros vêm nervosos, não oferecem passagem. Ela tenta uma, duas, deve achar uma grande rebeldia ignorar a faixa. Olho para o início da avenida e vejo o ônibus, o do motorista que esmagou a sandália.

### A Fossa das Marianas

Eles morreram, não acredito que eles morreram.

Imago chora, inconsolável, escorada na parede de fora de meu apartamento. Ignoro suas batidas na porta, não tenho certeza de que quero vê-la. Ela não desiste, bate com força, acerta um soco que, pelo barulho, deve ter feito um estrago nos nós de seus dedos.

O interfone toca, é o porteiro. Eu o destrato, não permiti a entrada dessa mulher. Ele argumenta que a conhecia daqui mesmo, sabe que é minha amiga, achou que fosse de casa. Além disso, quem fecharia a porta para uma moça doente?

Encho a chaleira, dessa vez não tem suco batizado. É água ou chá.

Chá, ela suplica. Você soube? Soube de alguma coisa?

Eu digo que não, mais por maldade. Quero ter o prazer de ouvir sua versão.

Não há esperança, ela choraminga. Morreram todos. As batidas no fundo do mar, os pedidos de socorro, tudo mentira.

Acho que você está equivocada, eu a interrompo. Mentira é uma coisa, ilusão é outra. E esperança outra, bem diferente. Retiro os saquinhos de dentro das xícaras e os atiro no lixo. Testo a temperatura, aprovo com um gole.

No fim das contas, é tudo mentira. Ela se afoga ao beber seu primeiro gole do chá. Tosse, ergue os braços. Como é que um sonho, um desejo, pode ser tão breve?

Eu não respondo. Encaro suas pupilas, tão escuras. Ela desvia o olhar.

Eu queria ser aqueles homens, um deles, pelo menos. Queria a oportunidade de experimentar aquele espaço vazio.

Percebo sua respiração acelerada. Ou ela quer se confessar, dizer coisas que só se tem coragem de assumir na frente de um desconhecido, ou está lutando para esconder essas coisas indizíveis até de si mesma.

Você reparou nos barulhos daqui, da superfície? São inúmeros, irritantes. Não. Para. Que boba, eu. É claro que você não repara. Mora sozinha num apartamentão de três quartos. Não faz ideia do inferno que é viver rodeada de pessoas, de crianças.

É inconsciente, eu começo a me alterar e, alterada, bato a colher, inúmeras vezes, contra a louça da xícara. Não percebo o ruído até que ela segura a minha mão com uma força muito acima das capacidades musculares daquele bracinho. Eu a enfrento, aperto seu pulso para que me solte. Ela cede.

Nem sei o tanto que eu daria por algumas horas de surdez, confessa.

Reposiciona o corpo na cadeira, as costas se acomodam no espaldar, uma perna toca o chão, a outra se mantém dobrada, o pé encaixado sob uma nádega.

Pelo menos a morte foi instantânea, diz. Não foi como aquele outro, o russo. Aqueles caras sofreram, passaram fome, sede. Deixaram os caras sem ar.

Surpreendo-me com o interesse de Imago pelas tragédias submarinas. Pergunto desde quando. Desde sempre, ela responde. O mar é como o céu, afirma. O céu noturno, no caso. O espaço sideral. A mesma solidão, uma surdez que nos faz pensar que a morte vale a pena. Dá até pra acreditar que essa paz, tão prometida nos velórios, acontece de verdade.

E você frequenta muitos velórios?

Não, ela ri forçado. But, you know, rest in peace, essas baboseiras.

É a primeira vez que noto seu jeito afetado de falar. Ela enfia um termo em inglês a cada três ou quatro frases, um maneirismo adolescente demais para sua idade.

Mais chá?

Imago vaga pela sala como se não a conhecesse. Toca na bandeja que, sobre a mesinha auxiliar, suporta seis garrafas de vinho tinto.

Nem pense nisso, resmungo.

Caminha até a dracena:

Tá morta?

Tá brotando. As lagartas comeram todas as folhas.

Vai viver, ela diz. Quando os parasitas vão embora, a gente se recupera.

Desculpo-me, a gente nunca se apresentou como duas pessoas civilizadas fazem da primeira vez em que se veem. Mesmo receosa de sua reação, conto que, para mim, ela é Imago. Pergunto coisas, invado uma intimidade ainda incipiente. Como uma planta dormideira, ela se retrai. Fecha-se dentro de suas folhinhas. A reação me surpreende, tinha certeza de que sua visita vinha acompanhada do pedido de mais uns dias como hóspede do escritório.

Acendo a chama do fogão, quero ferver mais água, pode ser que eu consiga acalmá-la com biscoitos. O telefone toca, ela se afasta para atender. Quando os gritos do outro lado da linha se tornaram perceptíveis, ela se encerra na sacada.

Preciso ir. Valeu pelo chá.

Não vai levar as sandálias?

Gesticula as mãos com desdém: Fica com elas.

Não quero, nunca consegui me equilibrar em cima disso.

Deixa aí. Assim eu volto.

Encosto o rosto na porta após fechá-la. Não me alegra saber que partes de Imago permanecerão aqui. Não quero as sandálias, atiro-as na despensa enquanto decido se vão para o lixo agora ou mais tarde. Minha vontade é jogá-las no meio da rua. Com sorte o ônibus passará por cima. O segundo chá que preparo me traz certezas: Imago me afeta de um jeito que nem eu sei dimensionar. O melhor a fazer é cortar o contato.

Fecho vidros e janelas, mantenho o ambiente na penumbra. Entretenho-me com um novo trabalho, as cortinas da sacada não se abrem por mais de mês. Mas o destino, quando quer, faz com que nossas manias voltem e se revoltem. Mesmo tímida, em versão de bolso, a lombada de *Vinte mil léguas submarinas* salta, exibe-se para mim. Faz-se evidente em meio aos livros da minha estante.

Ah, merda. Abro o livro. Também acesso aos vídeos com explicações sobre o acidente do submersível. E procuro outros vídeos, até que chego ao Kursk. Esse, sim, me acompanhou, na época, como um assunto íntimo.

Abro a sacada. Vejo o homem (não o marido, o velho) conduzido para dentro da ambulância com máscara de oxigênio sobre o rosto. Crianças com cara de choro e Imago, mais afastada, assistindo a tudo. Ela se esquiva, tampa os ouvidos assim que a ambulância soa a sirene e arranca. A porta do prédio se fecha com um estrondo. Imago gosta de retiradas teatrais.

Duas semanas se passam, conto na folhinha, até que eu a aviste de novo. Imago espia para fora da porta do prédio e, como um gato, pisa mansinho nos degraus. Está tão magra que um vento mais forte a levaria para seu sonhado espaço. Entra no Uber sem me devolver um olhar sequer. Cuido até oito da noite, saio para preparar meu jantar, depois, com uma taça de vinho, volto à sacada. Dez e pouco, onze e pouco, meia-noite, uma e cinco, duas e quarenta e dois, três e vinte, quatro, cinco horas da manhã. Não a vejo voltar.

### Escafandro

Eu lembro de tudo. Tinha a sua idade quando aconteceu. Tragédias, em geral, me tocam bastante. Essa tocou num ponto diferente, mais fundo. Não tinha rede social. Ou tinha?, não lembro. Se tinha, era coisa iniciante, quase ninguém acessava. Eu acompanhava o avanço da coisa pela televisão e pelos jornais. Na época, comprávamos jornais impressos. Posso dizer que o público assistiu, capítulo após capítulo, à morte daqueles soldados. Repórteres pouco sabiam sobre o ocorrido, quantos mortos, quais as chances dos sobreviventes. Para piorar, teve esse movimento da Rússia, impedindo o resgate. Segredos militares, Putin recém-empossado. Vejo as fotos, ele novinho, cara de bom moço. O fim da Guerra Fria ainda muito latente. Eu trabalhava no centro, num lugar sem janelas. Não recebíamos informação, a internet era apenas para e-mails corporativos. Eu chegava do trabalho e ligava a TV. Banho, lanche, lavar a louça, tudo com a companhia do narrador do telejornal. Largava tudo quando era a hora das notícias do Kursk. A imagem de fundo do estúdio mostrava uma geringonça emborcada no leito do oceano, a parte da frente destruída por uma explosão. Entrava a voz do repórter. Falavam em formas de comunicação específicas para casos como aquele, na certeza de que havia gente viva. Depois, os especialistas. Dissertavam sobre as condições de um submarino afundado, as primeiras dificuldades que os sobreviventes enfrentariam, calculavam uma estimativa para a escassez de comida, de água. Por fim, falavam da preocupação mais relevante: o ar. O engraçado é que, revendo as matérias, só encontro vídeos que relatam dois dias de sobrevivência. Na minha lembrança a agonia se estendeu por mais de semana. Na cama, enquanto esperava o sono chegar, pensava neles, na solidão deles, na surdez de um espaço que só emite sons, não recebe resposta. Muitos dias depois, os homens-rã acharam uma carta com a letra do comandante. Mantiveram-se bravos até o final, a carta afirma. Não sei se acredito, não é todo mundo que mantém a dignidade quando a hora se aproxima. Vejo soldados alucinando, quebrando tudo, socando os colegas. Vejo homens se agarrando às crenças, outros chorando. É como estar no corredor da morte. Chegou a assistir a algum documentário sobre presos no corredor da morte? É outra coisa que me afeta. Se a morte é a única certeza, a dos condenados está mais próxima. Você me faz pensar nessas coisas. Primeiro em transformações, depois em morte. Desde o dia da lagarta, você se alojou em algum compartimento de minha cabeça. E é difícil carregar você, é custoso. Você me faz pensar na profundidade da Fossa das Marianas e em tudo o que é perigoso e não se vê. Me faz pensar nos ganidos do meu cão que morreu dois dias depois do atropelamento. Ele se deitava, patas afastadas, a barriga esparramada sobre o piso, e ali se contorcia em espasmos de dor. Você com suas pupilas tão pretas me faz lembrar que mães perdem filhos para acidentes estúpidos e que doenças levam pessoas que amamos. Você me lembra que crianças são ignoradas em suas dores, são beliscadas. Eu havia esquecido da agonia dos homens do Kursk, você e suas malditas sandálias me trouxeram de volta as imagens, as sensações. O Kursk repousa a cem metros, o Titanic a três mil e pouco, a parte mais funda do oceano tem onze mil e peixes feíssimos

Esse cenário tá muito colorido, ouço-a falar. A luz amarela se sobrepõe e, quando enfraquece, a alaranjada toma espaço. Para com isso, nem combina com você.

Você é muito jovem para essa amargura toda.

Você é melosa. E louca.

Ignoro-a.

O velho morreu, não é? Primeiro você ficou feliz, depois desapontada. Esperava muito dessa morte. Descobriu que a tal chave para a liberdade não abre porta alguma e que o velho era o menor dos problemas. O velho tava cagando. Morreu bem, com a consciência tranquila. A encrenca é com vocês, não há mais o velho para culpar. Mentira, ilusão, esperança, eu separei, você juntou. Não me olhe desse jeito, já volto ao fio da meada. O assunto é comigo e preciso esclarecer umas coisinhas antes de prosseguir. Eu também tenho medo da água. Sei que ela vem um dia. No passado, era um medo pavoroso de que ela viesse reivindicar o espaço que a terra tomou. Qualquer chuvinha, uma noite em claro. Imaginava o terreno desmoronando para dentro, um buracão engolindo meu prédio, o seu e parte dos arredores. Um medo pequeno, bobo, que cresceu até o insuportável. Tratei com remédios, detesto terapia, contar minha vida para alguém. E aí foi diminuindo. O medo, quero dizer. Depois vieram outros. Avançaram e recuaram, acho que aprendi a lidar. Hoje, o medo é de uma onda gigantesca. De rio, de mar. Você já assistiu a um vídeo de uma cidade sendo invadida por água? É uma correnteza que parece inofensiva e sobe, sobe, sobe. Toma tudo, derruba predinhos. Já passei horas assistindo a vídeos como esse. Esses e os de homenzinhos que constroem castelos cavoucando a terra. A água não vem quando queremos, só quando ela quer. Os homenzinhos construtores são a prova. Dias e noites cavando um palacete que pode ser destruído em minutos por uma enxurrada. Vou te dar razão, o mar é como o céu. Por hoje chega, vou desligar a luz, minha pálpebra tá pesando. Amanhã eu conto melhor dos homenzinhos. Podemos colocar os vídeos. Também podemos ver sobre os insetos, as metamorfoses. Tem tanta coisa.

Imago ouve tudo, não diz nada. Tem a respiração regular, é provável que tenha pegado no sono.

Com cuidado, afrouxo o nó da corda que prende seus pulsos. Não quero que a limitação dos movimentos provoque sonhos ruins. Seu corpo, ainda mais magro, mantém um aspecto de força contida. Decidi ficar com ela. Quero que viva aqui. Se a água subir, podemos dividir o escafandro.

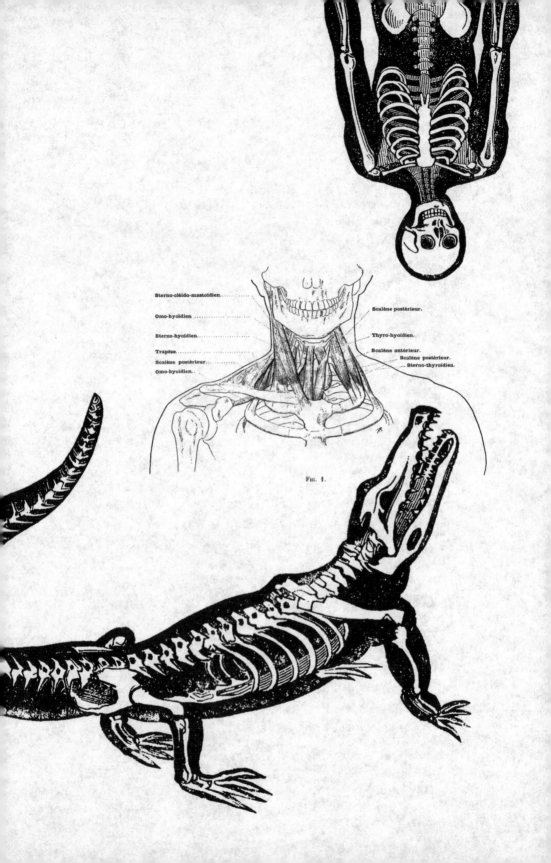

Fig. 1.

## Crocodilo
### 11

Gerson apareceu. Veio manso, como são os seus retornos. Eu previ sua chegada, o barulho do motor do carro o anunciou alguns quarteirões antes. Ouço o esforço, imagino-o pisando fundo, forçando a resposta que não vem em forma de velocidade, mas de uma sacudida de engrenagens que não se conectam direito. Penso no tremelique do carro, um velho se entregando. Um estouro do escapamento deixa claro que ele estacionou.

Detesto Gerson e o que envolve seu mundinho egoísta. Só que nada na vida é tão simples e, a despeito do que sinto, ele e eu temos uma ligação.

A vida de Gerson se une à minha na noite em que uma célula muito apressada de seu escroto furou o bloqueio da célula gigante que escorregava pelas trompas de minha mãe. É isso, o imperialismo da natureza determinou que eu carregasse metade dos genes desse homem. Meu castigo é suportá-lo.

Eles nunca tiveram algo sólido, minha mãe conta. Foi numa festa chique demais, que oferecia uísque demais, drogas demais. Aí teve o cantinho atrás do armário do banheiro social, aconchegante de menos, apenas o suficiente para dois corpos e suas vontades. Por alguns minutos, tudo se encaixou. Ela sabia que tinha engravidado e ele, de alguma forma, também. Organizou tudo quanto é tipo de transtorno para que minha mãe não abortasse. Foi capaz de segui-la por semanas para se certificar de que ela não fizesse o que, segundo suas palavras, era uma atrocidade, e, também por isso, devo a ele minha vida. Não que minha mãe estivesse disposta a me tirar, ela queria, mesmo, romper qualquer relação com Gerson. Achou que tirando o bebê o homem desapareceria de sua frente. Aconteceu o contrário. Gerson era do tipo orgulhoso de espalhar genes. Mesmo sem ter onde cair morto, fez questão de se dizer pai. Minha mãe propôs o acordo e ele cumpriu: acompanhou de longe todo o período da gestação.

Pede licença, entra. Quer um favorzinho. Conheço os métodos. Me faço de difícil, mas é impossível não ceder aos seus apelos.

Fui criada com cuidados em excesso, medo demais de desgraças. Um pão do armazém desconhecido pode fazer mal. E se o padeiro não lava as mãos? Se descuida da limpeza, usa farinha vencida, manteiga rançosa? Se não faz desratização preventiva?

Gerson é o oposto, milita pelo destino, pelo natural. Milita, aliás, sobre o destino natural das coisas, e isso também me comove. Tenho certeza de que herdei bem mais dele do que gostaria.

O favorzinho que pede não é dinheiro. Precisa de mim para se livrar do carro. É a perna, a outra desta vez e, sim, ele consultou um médico que deu as piores notícias. Vamos driblar o natural, disse a ele. Raspei a poupança e deixamos o carro numa revenda. No hospital, barbeado, com os cabelos cheirosos e a dignidade de quem enfrenta uma batalha perdida, Gerson é um homem bonito.

Ele nunca teve boa saúde, o que me põe medrosa com essas coisas de herdar genes. Eu era adolescente, mamãe havia cedido, permitia aproximação, ainda que esporádica, ele faltava com os combinados, ela vinha com o dedo em riste e o manto da razão: eu disse, eu disse. Gerson se explicava, era dia de tratamento. Desenvolveu diabetes antes dos quarenta anos. Vivia na função, consulta disso, consulta daquilo. Nessa época ele trabalhava com carteira assinada, salário fixo, vale refeição e seguro saúde. A carteirinha do convênio desbotada de tanto passar na leitora. Usou chás para controlar o açúcar do sangue. Às vezes funcionava, outras não. Percebeu os dentes condenados e se curvou à medicina. Era tarde, perdeu-os em questão de dois anos. Eu adulta, recém-formada, bom emprego e uma imensa culpa pela negligência com a saúde de Gerson. Torrei numa clínica de implantes três meses do meu salário. Primeiro foi a periodontia, uma espécie de limpeza profunda, em que o dentista raspa toda a sujeira de anos e anos que se acumula sobre as raízes dos dentes. Ele tem muita?, eu quis saber para preparar o argumento da bronca. Não, o dentista disse, é bem anormal o caso dele. Senti vergonha de tratar Gerson feito criança na frente do dentista. Ele, por outro lado, nem se importou. Acho que vivemos uma espécie de troca de posições, comentei depois com minha terapeuta. Ela me olhou por mais de um segundo, assentiu e anotou em seu bloquinho.

No fim das contas, nada, nem a mão ágil do dentista, nem os bochechos com antisséptico, o fio dental, escovas especiais, nada segurou os dentes do Gerson na boca. Partimos para os implantes que, óbvio, eram muito mais caros. Selecionei um profissional do outro lado da cidade. Íamos no meu carro, ele ainda não tinha comprado o barulhento dele, e eu notava certa tristeza em seus gestos. É vergonhoso perder os dentes, mesmo para um homem que respeita os processos naturais.

Iniciamos pela arcada superior, cirurgia para colocar os pinos (cinco) e mais uma prótese que deixou Gerson muitos anos mais jovem. Os dentes eram enormes, eu reclamei, ele gostou. Calei-me, o dentista havia explicado como se calcula o tamanho dos dentes. Tem a ver com a medição dos lábios ao falar, ao sorrir, ao comer, ele disse. Não quis brigar, deixei por conta dos dois envolvidos na questão. Cerca de três meses depois, Gerson exibia vinte e oito dentes postiços. Sorria até para os muros acinzentados.

Não é natural, eu disse.

Não é, mas foda-se.

Sumiu por seis meses, voltou com esposa nova e sem os dentes. Essa é Maria. Prazer! Soltei a mão dela, o que houve? Ele já sabia que eu perguntava dos dentes. Desfez o sorriso, olhou para Maria: te falei que seria assim. Ela me encarou, meio brava, seu pai é um homem doente. Sentamos, pedi soda limonada para três e purê de batata, preocupava-me o esforço digestivo no estômago de Gerson. Ele contou que perdeu todos os pinos, caíam inteiros, como aconteceu com os dentes. As próteses, só usava em compromisso mais formal. Agora tenho mulher, riu, não preciso usar essas coisas postiças. Foi involuntário o meu olhar para Maria, no lugar dela eu teria me ofendido. Mas, se ela estava desapontada, não demonstrou. E o que é agora?, perguntei. Nada, filha, só vim te ver e contar que me achei na vida. Pedi uma cerveja, depois outra. Na terceira perguntei se ele podia beber. Maria respondeu que sim, que estava com a insulina sob controle. Bebemos bastante, até o garçom impor a saideira. Esqueci de perguntar o endereço, não esqueci de oferecer um dinheiro. Foi quando Maria se ofendeu, agarrou-se à bolsa e levou Gerson até o Uber que estava logo ali, na próxima esquina. Na manhã seguinte um guindaste sobre minha cabeça. Dois analgésicos depois, escrevi para Gerson. Estava tudo bem, eles me esperavam para uma visita. Viviam no trailer de Maria, ela entregava lanches e encomendas para festas, Gerson cuidava das compras de mantimentos. Aceitaria um pix se eu ainda estivesse disposta a ajudar. Segredinho nosso.

Minha visita ao trailer nunca aconteceu, no encontro seguinte ele tinha se livrado da Maria, contou que a separação foi inevitável. Era uma mulher furiosa, disse, tinha ciúmes das clientes. Você aprontou alguma? Não, claro que não, ele riu. Saiu para o pátio e me chamou. Acendeu um baseado. Nunca perguntei se você curte. Eu curto, claro, só me sentia incomodada de dividir com Gerson essa pequena contravenção. Mandei os escrúpulos às favas, fumei. Ia perguntar se ele andava enrascado, desisti. Achei mais eficaz enfiar duzentos reais em seu bolso. Te cuida, brow. Depois lembrei, e os dentes? Fodam-se os dentes, minha gengiva tá batendo um bolão. Foi a primeira vez que permiti que ele me abraçasse de verdade. Depois desse abraço me dei conta da superficialidade de todos os anteriores. Dura, eu tentava me desvencilhar antes que nosso peito se tocasse por tempo demais. Ele sentiu a mudança, sei disso porque passou a me escrever a cada dois dias. Oi, filha, como as coisas vão? Eu sabia que a conexão era emocional, não tinha nada a ver com dinheiro ou com a relação invertida que havíamos criado. Mesmo assim, gostava de manter a postura de malvada: não gruda, Gerson, odeio grude.

Ele aproveitou a deixa para sumir, outros seis meses sem dar notícia. Voltou com sotaque nortista e uma cicatriz que exibia cheio de orgulho. Que porra é essa, Gerson? Respeita teu pai que agora pode dizer que é um homem de verdade. Havia sobrevivido a um ataque de crocodilo. A história era espetaculosa, mas as marcas das duas trilhas de dentes dividindo o abdômen em barriga de baixo, do meio e de cima era uma evidência difícil de refutar. Também contou dos rituais amazônicos, veneno de sapo, ayahuasca e a luva de formiga. Disse que estava curado da diabetes, a maior prova era que as feridas da dentada do crocodilo não infeccionaram. Pensei em discutir, que eu saiba não existem crocodilos na Amazônia. Bom, era o que menos importava. Abracei-o, toquei as cicatrizes. A pele formou queloides em resposta à agressão. Era vermelho, saltado, embora apresentasse aspecto sadio.

O caso é que o mundo girou e mostrou que a hipótese de Gerson estava equivocada. Seu bom humor não decaiu, nem mesmo após receber o exame com as piores notícias médicas. Aos cinquenta, com a insulina totalmente descontrolada, Gerson passaria pela primeira amputação. Os dedos do pé direito, um fungo causou uma doença que se estendeu por meses. O fungo em questão parasitou o corpo de Gerson em seus tempos amazônicos. Tremenda ironia, a dentada do suposto crocodilo havia secado formando uma tatuagem com um background heroico, enquanto um serzinho microscópico levaria parte de seu equilíbrio. Puta que pariu, Gerson, por que você não veio tratar aqui em casa? Não queria incomodar, filha. Sua voz tinha ecos de esperança e ele até brincou com a situação. Disse que, de qualquer forma, nunca tinha entendido a função dos dedos dos pés.

Mal imaginava ele que o fungo amazônico não se contentaria com três dedos. Em pouco tempo, foi o pé inteiro, a metade da perna, o joelho e a coxa. Quando a dupla medicina associada a crendices barrou o avanço da infecção, veio o problema no pé esquerdo. Uma ferida boba, um tampão arrancado durante um tombo. A diabetes estava disposta a levar a outra perna, dessa vez não havia fungo a quem Gerson pudesse culpar.

Não gostava, mesmo, de dirigir, diz Gerson ao acomodar-se na maca. Com uma perna mecânica, conseguia pilotar o carro, com duas seria esforço demais. Faz um joinha antes da enfermeira empurrá-lo para a sala de cirurgia. Pelo vidro, eu espio a porta se fechar, jogo um beijo. Permiti que nossas barreiras fossem ao chão, resta seguir os desígnios da natureza. São forças que me impelem a amar esse homem.

Na recuperação, eu o parabenizo, mais uma batalha vencida. Abraço-o com certo receio, aproximo o meu rosto do dele e faço uma selfie. Sem pensar na fúria que vou despertar em minha mãe, publico a foto nas redes sociais. Não demoram a aparecer curtidas e mensagens: como são iguais, iguaizinhos. Respiro fundo para segurar o choro, o médico entra sem bater, o timing perfeito para conter minha emoção.

Otimista, o médico avalia a cicatriz da perna direita, tá bonito isso aqui. Tem essa outra, Gerson ergue a camisola hospitalar e, insuflado de orgulho, mostra as dentadas do crocodilo. Eu já ia perguntar que bicho te mordeu, ri o médico. Toca no ombro de Gerson, elogia sua saúde. Ele vai viver muito, diz ao me encarar. Vaso ruim não quebra, eu digo e não consigo conter o ar bufado que sai no final da frase. O médico, antes de sair, corrobora com as mensagens da rede social. São muito parecidos, mesmo. Eu me retraio até tocar as costas na parede. Forço a ponta da minha língua contra os dentes, à procura de algum que esteja frouxo.

# 12 Blues dos Infernos

Ela me chama, diz não, não é nada demais, só um vinho mesmo, nada em especial, só um vinho, conversar e talvez comer uns petiscos, aquilo que você gosta, bruschetta, ela diz assim, com ênfase no quê, para diferenciar da cognata que usamos também, mas não hoje, não nessa conversa mais formal. Bruschetta, ela repete, fácil de preparar, vai pão, vai uns molhinhos, vinte minutos de forno, tudo prático, mata a fome.

Mas ó, vem desarmada. Desligo, penso um pouco. Não tenho mais certeza se ela disse tudo o que disse ou se estou imaginando metade da conversa.

Chego, beijo seu rosto, sento. Há vinho, luz fraca e, ao fundo, um blues tocando. Apreciamos a meia luz, se alguma de nós estava armada, deixou de estar nessa ambientação. O vinho tem cor terrosa, de boa safra, servido em duas taças grandes, bojudas, de hastes finíssimas. Seguro a taça pela haste, o líquido rubro gira, gira, solta seus incontáveis aromas que eu nunca consigo reconhecer. Bebo igual, acho bom, um pouco arranhado, melhor no segundo gole. A aspereza toma minha boca, a garganta e o tubo digestivo, imagino o líquido rubro se depositando sobre as mucosas, escorregando até encontrar o destino, bem no fundo do meu estômago.

Começou.

Ela conta coisas bobas, problemas com o vizinho do andar de baixo, o vazamento que nunca se resolve, o condomínio não quer pagar o conserto, tem que ser a proprietária do apartamento de cima, ela, no caso, essa é a regra, a síndica repete toda vez que há uma discussão no corredor, mas ela pensa que não, já fez de tudo, as reformas que precisava, fez até mais do que deveria, manutenção preventiva, coisas que pessoas precavidas fazem para evitar transtornos, derrubou parede, examinou cano por cano à procura dos furos que não existem, gastou fortunas em segundas e terceiras camadas de massas, vedantes, mão de obra, e os pedreiros, sempre com os pés sujos, entrando e saindo do apartamento, pisoteando tapetes, espalhando barro e pó de tijolo, e ainda se fossem só os pés, também tem os modos, irritantes, grosseiros, os pedreiros sempre com gracinhas, todo dia uma diferente, nada muito espirituoso, eles vêm com expressões infantis que, se analisadas a fundo, apresentam duplo sentido, gracinhas seguidas por pedidos de desculpas pela brincadeira, o que eles consideram brincadeira e hoje, sabemos, é assédio e é inaceitável, mas ela não pretende se estressar com advogado, juiz, fórum e coisas do tipo por conta de dois pobres diabos, então se faz de desentendida, sorri e fecha a porta para isolá-los em seu submundo de umidade, se bem que hoje ela nem sorri mais, só torce para que terminem logo, não quer saber o que tanto fazem, só autoriza a compra na ferragem, serve-se de um drink, fecha a porta e torce para que se mandem. Não sobra uma mulher ilesa, ela suspira. Acha que os pedreiros e os mecânicos são subtipos de homens, desses que fantasiam sexo em tudo, não podem enxergar um buraco, seja num cano ou num corpo de mulher, são como fuinhas, forçando, empurrando para a frente com o focinho, sempre para a frente, se você permite, vão empurrando, e você, quando cai em si, está encurralada. Ela ri alto do jogo de palavras que acaba de fazer, eu também acho graça. Brindamos, bebemos. Ainda resta um pouco na minha taça, na dela não. Ela levanta, traz a garrafa para perto, vai deixá-la na mesinha de apoio, bem perto, só esticar a mão que alcança. Serve um pouco mais, quase meia taça para cada uma, o que é muito, levando em consideração o tamanho do bojo. É muito, eu digo, ela dá um tapinha no ar, hoje é sexta, afinal.

Mas e eu?, bom, comigo tudo bem, quero dizer, tudo na mesma, levando, um pouco triste, decepcionada com os planos que não se concretizam, picuinhas no trabalho, essas coisas. Uma hora, o jogo vira, espero, sobrevivemos à pandemia, agora é olhar para a frente. Escolho este caminho, o menos pedregoso, sei que no campo ideológico não nos desentendemos. Mas sim, sigo com a vida, do jeito que dá, tentando me alienar um pouco, você notou que a gente não sorri mais?, pergunto.

Sim, ela notou, a gente não sorri mais. O músculo da testa, esse sim, está sempre contraído, dois vincos fundos no meio das sobrancelhas. Por isso me chamou. Todo mundo tão cansado, todo mundo sofrendo, precisamos nos ver mais, ela diz que sente muita falta de sair, de reencontrar amigos, confessa que algumas vezes sai, não é de ferro, e sente falta de namorar alguém. Eu concordo, sim, sim, eu entendo, não tenho tanta necessidade de rua quanto você, eu digo, mas se eu, que sou mais caseira, estou sofrendo, imagino você que sempre foi tão da rua. Ela ri, estende o braço para alcançar a garrafa, bebeu toda a segunda taça. Seu braço faz um movimento amplo, estica-se em câmera lenta. Percebo certo cuidado para não esbarrar na garrafa. Também percebo o tapete claro logo abaixo, o mesmo tapete que os pedreiros devem ter imundiciado com pó de tijolo, a cor é até meio parecida com a do vinho, que seria absorvido quase que instantaneamente por aquele tecido fofo que não tenho certeza sobre o que é, mas parece um atoalhado, difícil de branquear, especialmente após um banho de vinho, diferente das manchas de pó que ela, ela não, a faxineira dela, conseguiu remover. Mesmo com todo o cuidado, com a mão aparentemente firme, ela quase solta o gargalo da garrafa, que escorrega e é aparado pela outra mão, livre, evitando um acidente que, embora não atingisse o tapete, macularia o suéter que ela usa, um suéter com decote V, vermelho com listras brancas e que não ficaria tão mal com a mancha de vinho, afinal vermelho com vermelho disfarça bem. Ela solta um ops e ri mais um pouco. Diz que o pior não seria perder o suéter ou o tapete, mas o líquido precioso de dentro da garrafa. Eu concordo e aceito que ela me sirva mais um pouco, bem pouco porque, ela sabe, sou fraca para a bebida, pior ainda se bebo rápido e com o estômago vazio e, de repente lembro, você não teria uma garrafa d'água para que eu me hidrate entre uma taça e outra? Sim, sim, ela diz, desculpa, esqueci, tá lá na geladeira, vai lá, você sabe o caminho. Eu me afasto, a luz da geladeira me dói, as pupilas acostumadas com a meia luz se contraem porque a luz da geladeira parece tão forte, tão intensa, e eu fecho os olhos até me acostumar. E noto que há algo mais, talvez a música, o blues que agora me soa alto demais, repetitivo demais. Gostamos, nós duas, de blues, mas algumas faixas me dão vontade de correr para longe e me jogar de um precipício. Ela seca a terceira taça. Eu digo que daqui a pouco vamos precisar abrir outra, ela responde que sim, que reservou outra, de um vinho mais simples, afinal a gente sempre deve iniciar pelo melhor, depois de embriagado qualquer coisa serve. Após um copo d'água, eu me encho de coragem, empino o restante da taça. Sinto que vou me afogar. Bebo mais água, toda que servi, quase o copo inteiro, e sinto mais: tudo volta pelo nariz e é como se eu fosse me afogar pela segunda vez. Tusso, tusso, ela ri. Estende o braço e pega a garrafa, diz que a noite é nossa e que eu pare de besteira. Serve bastante, segura a garrafa, pendendo de cabeça para baixo. Vejo uma última gota se soltar do gargalo e cair dentro da taça. Círculos concêntricos se formam e eu abocanho para engoli-los. Engasgo-me de novo, só que agora menos. Ela ri muito, suas bochechas estão tão rosadas quanto seus dentes. Quando consegue fechar a boca e recuperar o fôlego, ela me olha séria e faz o pedido: precisa que eu fique com o Bernardo, é só por um fim de semana, sabe que nos damos bem, até sente uma pontinha de ciúmes de nosso afeto, o garoto adora dormir lá em casa. Eu paro de rir no mesmo instante. Devo ter feito uma cara de dor ou de raiva porque ela se retesa. Era isso, então?, pergunto, não tinha nada de encontro, nada de vinho bom, de compartilhar a noite de sexta?, tudo estava relacionado a um favor que eu devo me constranger ao negar. Solto uma risadinha que se transforma em risadona, pergunto se tenho escolha. E é neste momento que a cara dela se transforma, como sempre acontece, se distorce, como aqueles aplicativos de celular que deformam o rosto das pessoas, e então ela fala que nunca pode contar comigo, nunca, nunca, nunca, e que vai pedir para as outras amigas que são sempre tão mais amigas do que eu. Respondo ok, então pede para a Liana. Ela fecha a cara e diz que a Liana, sim, é amiga, que saem juntas, se divertem, e quando há uma festa das boas prefere chamar a Liana e não eu, porque sou chata, reclamona e nunca me visto adequadamente. Eu rebato que ela nunca se comporta adequadamente.

Ela levanta, diz que vai abrir outro vinho, eu penso que deveria ir embora, quero ir embora, mas algo me segura presa à poltrona. Ela volta com outro vinho, já aberto, com cor diferente, mais arroxeado, pelo menos é assim que me parece. Abre, cheira. Eu digo que não adianta cheirar porque estamos bêbadas, alteradas, nem vai fazer diferença, serve isso logo e vou buscar mais água. Ela bebe mais, eu a acompanho e ela volta com o assunto do Bernardo. Diz que tem que ser eu, que só confia em mim, que eu deveria ser mais empática e compreensiva com a situação de uma mulher sozinha, mãe solo que precisa se divertir, ter seus casinhos, ser feliz pelo menos uma vez na vida. Eu respondo que estamos na mesma, eu também sou mulher e sozinha, também estou cansada, cheia de compromissos, também quero me divertir, a única diferença é que não tenho filho porque eu sempre soube que botar filho no mundo traz um milhão de responsabilidades. Ela me olha com aquele olhar de fúria que eu tanto conheço, pergunta se estou insinuando que ela é uma irresponsável, eu digo que não, mas que eu acho que ela já foi muito negligente com a educação do Bernardo, que o garoto se sente inseguro e abandonado, que tenho muita pena e que, ela bem sabe, fico sempre que posso. Também digo que fico quando quero, não deve ser uma imposição, o garoto não merece ser tratado como um fardo. Ela ergue a voz, diz que eu sou uma pessoa horrível, o exemplo da mulher machista que coloca abaixo toda a luta das mulheres que tanto se empenham em ajudar umas às outras, que eu a julgo o tempo todo, que precisa ser feliz para que o filho também seja, o mundo, graças a deus, evoluiu e mães não são escravas dos filhos, é muito mais corajosa que eu, afinal teve a ousadia de colocar um no mundo, esse mundo cão onde ninguém mais ajuda ninguém, estão todos sempre pensando só em si mesmos, um mundo frio e individualista.

Eu não me compadeço.

Respondo sim, as pessoas são cada vez mais individualistas, mas ela não pode se colocar no grupo das coletivistas porque é uma das pessoas mais egoístas que conheço, além de ser manipuladora e ter o detestável vício de se martirizar. Também digo que cada um sabe de suas escolhas, que não sou obrigada, ninguém é obrigado, na real, e outras frases de efeito que o alto teor alcoólico de meu sangue me faz lembrar com impressionante agilidade. Acabo me excedendo, falo que a considero uma péssima mãe, que minha preocupação é toda com o garoto, com o que será do garoto, filho de pai ausente e mãe irresponsável. Ela aperta o copo vazio, acho que, se tivesse forças, teria quebrado o vidro. Diz que sabia, que tinha certeza que eu estava defendendo o Carlos. Onde já se viu, o Carlos, aquele imbecil, aquele monstro, taí, ela diz, você nem esconde mais o machismo, tá dentro, incrustado. Eu nego, é óbvio que não defendo o Carlos, sei que ele foi muito filho da puta, muito sem vergonha. É?, ela diz, então fala para ele. Ela pega o telefone e clica na imagem que mostra a cara do Carlos. Ele atende, ela fala alto, olha só, a Joana tem uma coisa para te dizer. O quê?, o quê?, ele responde meio confuso, sonolento, e eu vejo na tela que passa da uma da manhã. Fala, ela me desafia. Eu pego o celular e digo que o acho um bundão e mais do que apressadamente desligo. Viu?, ela me olha com desprezo. Diz que sou covarde e invejosa, que não tenho a mínima ideia sobre o que é um casamento porque nunca tive um relacionamento estável, nunca tive a experiência de viver com outra pessoa sob o mesmo teto, e que não é por menos, afinal sou uma bruxa sem qualquer atrativo e que meu mau humor espanta qualquer pessoa minimamente interessada. Eu pergunto se então é isso que ela discute em seus grupos supermodernos, e se ela discute, também, esse tipo de segregação, que determina que algumas amigas, as que não tem relacionamentos, não devem ter vida própria e não fazem nada além da obrigação quando cuidam dos filhos das amigas que precisam se divertir. Ela diz que sabe que eu bebo escondido, que eu sempre fui uma bêbada, viciada, e que é ridículo ficar posando de santinha a essa altura do campeonato. Que me ajudou nos piores momentos, inclusive quando eu tive aquele episódio de depressão profunda e cheguei a cogitar o suicídio, situação que me levou a duas semanas de internação numa clínica da qual saí ainda mais magra e desgraçada. Respondo que nunca foi suicídio, nem mesmo depressão foi, tive uma estafa por excesso de trabalho. Trabalho, algo com que ela não é familiarizada porque sempre teve essa vidinha de princesa em que todos a ajudam, todos se compadecem e ninguém ousa questionar. Ela diz que sou ingrata, péssima amiga e não sabe porque insiste em me convidar para qualquer coisa. Eu abro a boca para responder, não consigo. Estou exausta. Dói meu estômago, doem meus olhos, meus ouvidos. E esse blues... Esse blues dos infernos tocando sem parar.

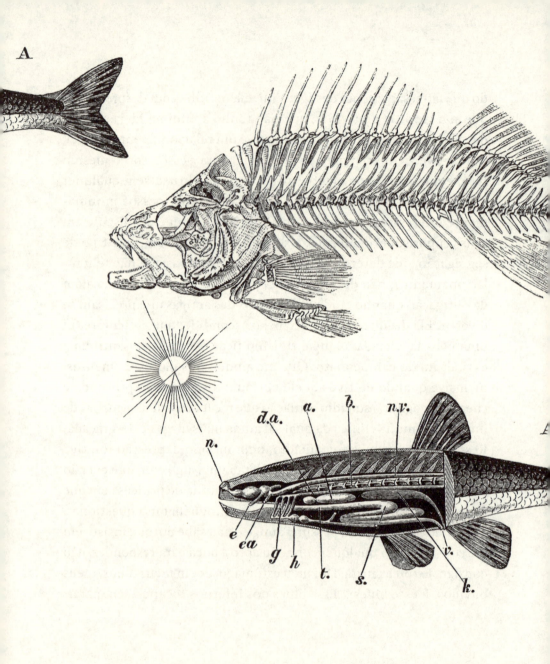

# 13 Espinha de Peixe

Pedágios, estradas lotadas e motoristas raivosos não estragariam a expectativa de Lori. O marido correu um pouco, só freou ao passarem pelos controladores de velocidade. Ela sorria, olhava para o banco de trás, perguntava se Marcelinho estava bem, se queria um pouco de água. Quem sabe um biscoito? Banana? E chocolate? Não gostava de chocolate?

Acomodado na cadeirinha, o garoto mal abria os olhos. Lori insistia, a cada dez minutos esticava a mão para acariciar as perninhas fofas, o prazer do contato com a pele lisinha inundava seu cérebro de mediadores químicos.

Chegaram, ela o arrancou da cadeirinha e, a partir de seu colo, mostrou a casa. Aqui vamos comer, aqui vamos tomar banho e aqui vamos dormir. Meio mal-humorado, ele pouco interagia. Não conseguia manter o olhar em nada. Lori entendeu, eram muitas novidades. Na hora do jantar, Marcelinho ameaçou chorar e pediu pela mãe. Lori o embalou, enfrentou o olhar desconfiado do marido:

Shhh, mamãe tá aqui.

As ansiedades da hora do banho se dissiparam rápido, o garoto era bonzinho, a água morna o acalmava. Relaxado, ele nem chorou quando um pouquinho do xampu escorregou até o olho. Deixou-se secar, vestir a fralda, o pijaminha. Deixou que Lori cheirasse seu pescoço umas quantas vezes.

Longe do celular, ela evitou qualquer contato com o mundo exterior. Queria se dedicar inteiramente à função, ocupar o posto que tanto almejou.

Às nove e pouco iniciou uma chuva mansinha que tomou corpo e se estendeu pela noite inteira. Lori se acordou algumas vezes para velar o sono do garoto. Ele dormia se remexendo, como se sonhasse o tempo inteiro. Em alguns momentos estremecia, depois soltava seus pequenos músculos mantendo apenas as mãozinhas agarradas ao travesseiro. Ela o envolvia, o calor e o toque acalmariam um bebê assustado.

Nas poucas horas em que dormiu, sonhou com lugares estranhos. O carro a apanhava, saíam para um passeio. O motorista e sua esposa cumprimentavam com a apatia dos que acordam cedo. Lori não se deteve ao percurso, lia as redes sociais e planejava publicar fotos assim que chegassem ao destino. O carro estacionava, mais duas pessoas se acomodavam no banco de trás. A certa altura da viagem, o homem espremia Lori contra a porta. Ela se mexia, reclamava por mais espaço, ele reagia agarrando seu pescoço. O sonho seguinte era com casas. Na primeira havia uma família reunida em torno da mesa. Faziam questão de que Lori se juntasse a eles. Ela explicava que não era visita, não tinha fome, mas eles não aceitavam as recusas. Quando perceberam que Lori ia sair, diversas mãos tentavam impedi-la. A casa era colorida, rebocada com um material cremoso com gosto de açúcar. Lori lambia a mão e depois a parede. O homem do carro, o mesmo que tentara enforcá-la no sonho anterior, aparecia. Ele arrancava um pedaço de glacê e oferecia a ela. A cada pedaço engolido, a memória de Lori se reativava. Não era uma memória doce.

De manhã, foi obrigada a encarar o celular. Dezoito mensagens, duas chamadas perdidas. Não leu, só abriu o teclado e respondeu com uma frase: tá tudo bem, não se preocupa.

Aplicou protetor solar no Marcelinho, depois em si mesma. Ajeitou-o encaixado à cintura e foram, agarradinhos, até a beira da praia. Venceu dois quarteirões assim, altiva, sem permitir que a espinha se vergasse. No terceiro, a respiração acelerou. Olhou para a frente, mirou as dunas e a passarela. Faltava metade do caminho, mas ela venceria. Sentia as últimas forças se esvaindo quando pisou nas tábuas da passarela. Ofegante, escorou-se no corrimão, esperou a respiração regularizar. O menino passou a mãozinha em seu rosto e sorriu, foi o suficiente para ela se recuperar.

O marido chegou depois, trouxe cadeiras, guarda-sol, um cooler com bebidas, uma mamadeira com água, outra com leite. Marcelinho brincou na areia, deu alguns passinhos até as ondas. Por volta das quatro da tarde, o celular do marido tocou. Ele disse oi e passou-o para Lori, que o afastou do ouvido. Assim que a voz do outro lado da linha cansou de reclamar, Lori correu até Marcelinho. Abraçou-o tão forte que o marido custou a separá-los. Enfim, desgrudaram-se. O marido levou o garoto, precisava dar banho, aprontar suas coisinhas para o momento que a mãe chegasse.

Lori quis ficar, abanou a areia quando os dois iam lá longe. De frente para o mar, sentou-se. Fechou os olhos e assim os manteve por um bom tempo. Abdicar é carregar, para sempre, uma espinha de peixe presa à garganta. Uma espinha dura, imóvel, que não sobe nem desce, só arranha.

O mar recuou e Lori soube que, como resposta, uma grande onda se formaria.

Não a evitou, permaneceu ali, à margem, à espera.

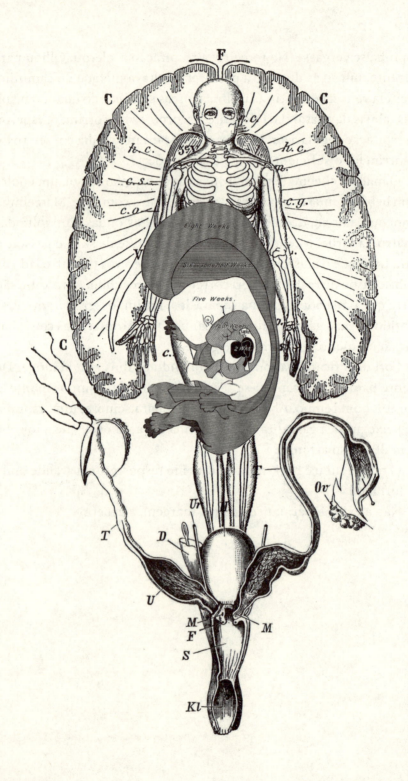

# 14 Qualquer Outra Parte do Corpo

Primeiro a sombra. Uma esfera, ou melhor, uma convexidade que a cada dia se tornava mais esfera. Ninguém notou. Ninguém se importava com qualquer outra parte do corpo. Se o cérebro estava morto, todo o resto também haveria de estar. Faltava a iniciativa, a determinação de algum abnegado que se aproximasse dos médicos e, num cochicho constrangido, permitisse. Alguém que, sem se esforçar para esconder a emoção do momento, afirmasse que sim, a família autorizava. Os mais próximos pensavam a respeito, os mais ousados planejavam, criavam, num consciente profundo, o diálogo que terminaria com o sofrimento. A coragem, entretanto, arrefecia um ou dois passos antes do limiar da porta do quarto. Qualquer voluntário daria para trás ao se sentir iluminado pelo clarão do ambiente hospitalar. Era como fazer uma travessia, uma passagem. E o desconhecido dava medo. Como, então, assumir a responsabilidade de decidir por alguém que talvez ainda estivesse ali?

Que horror, tão jovem. Ela parece dormir, tão tranquila. Ao longo de dois anos, o pai e a mãe tiveram que suportar as exclamações que se repetiam durante as visitas. Tanto que passaram a odiá-las, as exclamações e, mais ainda, as visitas. Proibiram a entrada dos parentes quando perceberam que as respostas para as tentativas de consolo haviam se esgotado. Havia limite para tudo, incluindo frases de consolo.

Mas o corpo da filha persistia, inerte sobre a cama sustentada por um bom plano de saúde.

Qualquer outra parte do corpo não interessava mais. O pai havia assinado o documento que autorizava os transplantes. Melhor ajudar quem precisa, tanta gente sofrendo em busca de um coração, rim, fígado, e a filha ali, desperdiçando os seus, só pelo capricho de continuar existindo num mundo que nem a queria mais.

A enfermeira da tarde, moça miúda e muito apressada, era a única que se interessava pelas outras partes do corpo. Levantava-o, ensaboava e depois enxaguava com um pano úmido. Virava-o para um lado e para o outro, trabalhava com a energia que seus bracinhos permitiam, protegendo a doente das temidas escaras. Ainda que a mãe, agarrada a seu rosário de contas, tão esperançosa nos primeiros dias de internação, agora tivesse entregado os pontos e considerasse o empenho da enfermeira um pequeno luxo.

Ela não acordaria para chorar a dor, ainda que estivesse com a pele em carne viva, dizia com o desdém disfarçado de quem, na verdade, pretendia desafiar o universo. Quem sabe se ele, ou o criador dele, ou quem quer que fosse responsável pela vida tomasse o protesto da mãe como desaforo e então, para mostrar quem é que decide, permitisse que a filha voltasse a respirar por conta própria.

A enfermeira não chegava a compreender o protesto ressentido da mãe. Abaixava a cabeça e reiniciava seu trabalho calada. Seguia seu turno de exercícios programados, sem desobedecer sequer a um item da prancheta. Dobrava e esticava pernas e braços, num exercício que cansava mais a ela do que a acamada.

A enfermeira também custou a notar. Era nova no serviço, veio para substituir o mocinho lacônico que fora demitido um mês atrás e nem mesmo apareceu para se despedir da doente que mais tomava seu tempo. Ninguém se interessou em descobrir os motivos. Vai ver estavam todos exaustos da rotina de visitas, turnos e returnos, oxigênio e o sobe e desce do gráfico vermelho que teimava em não compor uma linha reta.

A esfera, essa sim, teimou em ficar mais e mais redonda, uma bolha de sabão gigante que se desgrudava do abdômen magro e se tornava ainda mais evidente à tardinha, quando a lâmpada da cabeceira a projetava sobre a parede lateral do quarto. Quando a mãe notou, ela estava de sete meses. E era um menino.

Como isso foi acontecer, doutor?, perguntou com a voz fraquinha, desvanecendo de perplexidade.

Não sabemos, ele se apressou em responder, o diretor do hospital abriu uma sindicância para investigar. Mas, pousou as mãos em concha sobre as mãos fugidias da mãe, assumindo uma postura de pároco: não é um milagre?

Era, sim, um milagre, a mãe achava. O pai não. Discordava, não achava justo passar por tudo de novo. O trabalhão com um bebê, as preocupações com a educação de uma criança, com o bem-estar de uma adolescente que, sem mais nem menos, lhe é tomada por conta de uma irresponsabilidade, um acidente estúpido. A mãe, então, havia esquecido o olhar de desafio que a filha lhes endereçava cada vez que era contrariada? Das birras, das respostas atravessadas, do "é claro que eu vou" na noite que trouxe tanta consequência triste? Tudo de novo não. Além disso, não engoliria essa história dos médicos minimizarem uma violência. Porque estava óbvio que a filha fora violada.

Tomado pela raiva, o pai saltou sobre o balcão do arquivo e segurou o funcionário pela gola da camisa:

O endereço. Quero o endereço do vagabundo.

Dirigiu pela cidade em busca do bairro que abrigava a casinha em condição precária. Desceu do carro gritando.

Cadê ele? Cadê o sem-vergonha?

O público que ocupou a rua contou que o sem-vergonha apresentara-se de peito aberto.

Vou te colocar na cadeia, o pai berrava, com os punhos fechados. Mas uns sopapos acalmaram a revolta do pai ofendido. O sem-vergonha apanhou calado. Possuía um pouco de honra, afinal.

Depois veio a parte mais fácil, a aceitação. Sete meses é tarde demais para um aborto. Além disso, haveria legislação que permitisse?

A futura avó argumentou: sempre fomos corretos, cumpridores das regras, caridosos, tementes a Deus. Não é agora, depois de velha, que vou me voltar contra a igreja.

Não era justo que um inocente pagasse pelos erros alheios. Ele teria direito à vida, sim, e receberia tudo, casa confortável, educação, o amor em dobro, porque nasceria privado do amor dos pais.

Uma criança enche a casa, a avó passou a repetir, e se animou a contar a novidade para os parentes, que voltaram a ser recebidos no hospital, com a advertência de que não fizessem perguntas. A dor pertencia ao passado, e os avós pediam que, de preferência, as visitas não se pronunciassem, só observassem aquela majestosa bolha de sabão que, no momento, era o presente, o que melhor representava o milagre da vida.

E por fim, a esperança, essa garotinha travessa a subir na imensa torre de blocos irregulares, equilibrando-se, sem se importar com o vão cada vez mais alto. Como vai ser? Ao natural ou vão cortar a barriga? Com anestesia? Sem?

Ela vai acordar, agarrada a um rosário, a futura avó passou a afirmar. Com as dores do parto, o cérebro deve acordar.

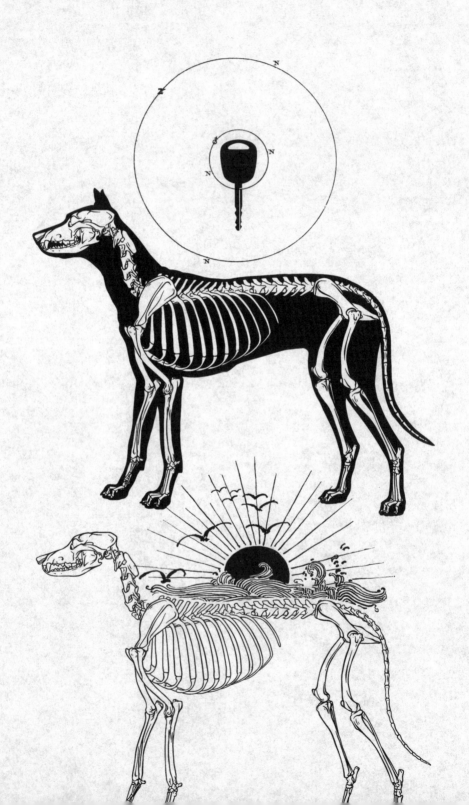

# 15 Ruta Libre 22

Minha filha sumiu na fila da balsa. Na hora, não notei, estava distraída, esperando Robson voltar com as passagens e os documentos. Sue gostava de caminhar, explorar o espaço, e eu já a achava bem grandinha, responsável o suficiente para cuidar de si mesma.

Vai, menina, espantei-a e a vi caminhar na direção da pracinha. Tinha, sim, alguns perigos como o entorno do rio e as pessoas que, na mesma situação que nós, aguardavam a liberação da aduana.

Íamos a cada trinta dias para a Argentina. Buscávamos produtos de limpeza, de higiene, abastecíamos o carro (a gasolina era mais barata e apresentava melhor desempenho), mas nosso foco principal era o vinho. Bebíamos bem naquela época. Robson e eu, não raro, derrubávamos duas garrafas por noite. Sue gostava do passeio. Pedia biscoitos, chocolates e sapatos diferentões. Sumiu usando uma galocha amarela.

Robson sentou no banco do motorista, o barulho da chave dando a partida no carro me fez olhar para trás.

Cadê a Sue?

Ele nem me olhou, estava na cara que não fazia a menor ideia. Saltei do carro em movimento, corri até a pracinha e depois até a beira do rio. A fila, que passara mais de hora estagnada, movia-se rápido. De um jeito um tanto estúpido, compreensível pela urgência da situação, interroguei todas as pessoas que cruzavam a minha frente. Ninguém sabia de Sue.

Nosso carro ia longe, quase na área da fiscalização, e eu sapateando pela rua, expulsando, do fundo dos meus pulmões, o nome de Sue. Não sosseguei, que mãe sossegaria? As palavras de deboche não tardaram:

Não sabe cuidar da filha, depois fica que nem louca.

Eram uns trinta carros, a maioria caminhonetes potentes, brancas, pretas, prateadas, dirigidas por homens de meia idade acompanhados das esposas. Os que tinham filhos pareciam mais inocentes, o que fariam com mais uma criança? Havia outros carros, de motoristas argentinos. Eram poucos e bem mais velhos. Os argentinos que frequentavam aquela região, assim como seus carros, também eram velhos. E é claro que desconfiei mais deles. Tinham cara de quem rouba criança e pede resgate.

Alheios às minhas súplicas, os carros se moviam para dentro da balsa. Impassível, Robson seguia o fluxo.

O que há com você, seu desgraçado?, peguei-o pela gola da camisa, esganei seu pescoço. Ele tossiu forte, remexeu-se todo, conseguiu se livrar de minha gana sem descolar as mãos do volante.

Fui além, invadi as poucas lojas que rodeavam o posto da imigração. Estava a ponto de chutar as portas das casas quando o guarda da fronteira apontou uma arma para a minha cabeça. Nosso carro lá na frente, prestes a embarcar, minha documentação liberada. A burocracia me tornava uma cidadã legalmente fora do território argentino.

*¡Ándale!*, o guarda me escoltou até o carro.

Olhei para Robson, ele não protestou. Abaixou os olhos para o guarda, abriu a porta do carona:

Vamos, do outro lado a gente conversa.

Resisti à travessia como pude, passageiros olhando torto enquanto eu berrava para a costa, para o porto, para o rio. Quando não havia o que fazer, caminhei a balsa de fora a fora, abri, de novo, as portas de todos os carros. A aparente comoção dos viajantes havia evaporado. Agora eles me dirigiam a cara mais feia do mundo. Alguns me mandaram longe.

Do outro lado, voei até o posto da polícia brasileira. Acertei um coice na canela de um guarda, mordi a mão de outro, tiveram que chamar um terceiro para me conter. Era crime internacional de sequestro, eu queria o consulado, a força do governo, o serviço de diplomacia, queria tudo urgente, agora, já. Quando Robson voltou ao meu campo de visão, quase uma hora depois, trazia uma equipe de enfermagem. Eu me sentia exausta, foi bem fácil injetar o tranquilizante.

Na manhã seguinte soubemos que só receberíamos autorização para pisar em solo argentino após trinta dias. Corri ao posto da fronteira, cheguei chutando os móveis. Duas guardas mulheres me imobilizaram e me algemaram, disseram que Robson estava cuidando de tudo e que escândalo não ia resolver a situação. Eu me debatia, cuspia, xingava, que tipo de tratamento era aquele? Uma menor, cidadã brasileira, desaparece e fica tudo por isso mesmo? Outro agente apareceu. Compreensivo demais, ele me encaminhou até a salinha nos fundos. Sentou-me, serviu água com açúcar, sorriu durante um bom tempo. Pedi que me explicasse sobre os procedimentos legais, ele continuou sorrindo. Eu insisti e ele, após desfazer o sorriso, prometeu cuidar da situação. Afirmou que o caso fora encaminhado ao Ministério das Relações Exteriores, que o chanceler brasileiro estava ciente e entraria em contato com as autoridades argentinas. Quando?, eu perguntei. Logo, ele disse. Logo?, eu disse baixinho. Depois gritei: logo? Não queria saber de conversa, eu queria as Forças Armadas cruzando o rio, atirando em tudo e todos sem perguntar, queria atiradores de elite, três canhões brasileiros apontados para a fronteira, um pronunciamento do Presidente da República, o pedido oficial de desculpas pelo sofrimento imposto a uma mãe. Eu queria guerra.

O agente enviou uma mensagem e em menos de um minuto trouxeram a enfermeira e a nova dose de tranquilizante me derrubou por doze horas.

Acordei com uma certeza:

A kombi.

Agora eu lembrava, havia uma kombi na fila do embarque, bem na frente do nosso carro.

Foi a kombi.

Quem era o motorista? Aonde ia? Que investigassem a kombi. Tinha a lataria pintada de amarelo e os para-choques de azul. As maçanetas e os acabamentos eram azuis, agora eu lembrava. E, sim, claro, havia um adesivo.

Achem a kombi, gritei, esperneei. Gritei tanto que me amarraram numa cama e apagaram as luzes. Muitas horas depois, Robson veio me ver. Percebi a resignação em seu rosto:

Sue se foi. Quando você vai aceitar?

Hoje faz vinte e dois anos que perdi Sue no posto de imigração. Não tem um dia que minha filha não me acuse, em sonhos, de negligência. Em flashes, lembro dela, da camiseta branca, calça jeans, galochas amarelas. E da kombi. Aos poucos, minha memória foi se reconstruindo, tornando-se nítida. Consegui visualizar o motorista da kombi, um argentino de mais ou menos trinta anos que, agora sei, cruzaria a fronteira de férias para o Brasil. Posso ver Sue aceitando o convite do estranho, sentando no banco de trás da kombi. Sinto seu impulso, uma vontade imensa de arredar a cortina e acenar para mim:

Eu tô aqui, mamãe.

Mas eu não olho, por algum motivo prefiro me concentrar no adesivo da traseira da kombi. Azul, com letras amarelas, o adesivo mostra uma praia com o sol se pondo. Abaixo, alinhado ao canto direito, há uma frase que não é bem uma frase, mas um letreiro. Diz Ruta libre 22. Vejo Sue na praia, às vezes ela brinca com conchinhas, junta um punhado para sua coleção. Outras vezes tem cara de choro, quer fugir, precisa de mim. Ela também aparece no hospital, não sei que hospital. Eu internada, ela se despedindo. Usa a galocha amarela, pula no pescoço de Robson, diz papai, já vou. Eu arranco o soro e caminho por um corredor enorme que se alonga a cada passada. Portas e mais portas se fecham, Sue não está. Também não está na sala cirúrgica, nem num consultório em que eu e Robson choramos em frente ao médico.

E tem algo mais que recordo, nada a ver com os carros, o posto de fronteira ou o motorista da kombi. Lembro de uma cadela deitada na recepção da loja de vinhos. Tinha acabado de parir quatro filhotes. Chegamos um instante depois, mas ouvi os funcionários comentando com os clientes. Uma velha de coque alto afirmava que não sobrara nenhum.

A cadela comeu todos, a velha dizia, exagerando um pouco na indignação.

As cadelas fazem isso, é até bem comum, um homem barrigudo respondia.

O funcionário concordava sem esconder a cara de repugnância. E a mulher insistia em contar detalhes sobre a consistência dos ossos e o tom do choro do bicho recém-nascido ao perceber que seria devorado.

Não cheguei perto da cadela, não afaguei seu pelo, nem senti a sua dor. De longe, ela parecia exausta. A mão de Robson direcionou minha cintura:

Esquece isso. Já era.

# 16

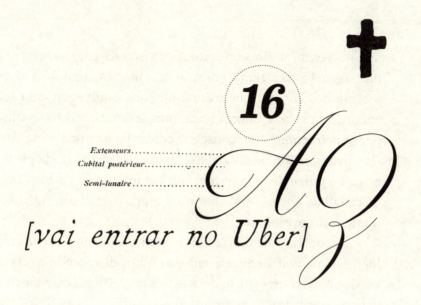

*[vai entrar no Uber]*

Com a boca ressecada e um calor latejando nas têmporas, A. atualiza a página de seu Twitter a cada dois minutos.

É a sua última noite neste país de merda.

As mãos tremem um pouco, muito pouco, um tremor de amplitude minúscula, quase imperceptível. Mas A. percebe. E percebe, inclusive, uma sincronia entre o tremor das mãos e o movimento de contração das pupilas. A transpiração em excesso umedece os pelos de seu bigode e o pulso dispara cada vez que a página atualiza a tripa de novíssimas publicações.

Nada pode dar errado agora.

Atento, com as lentes dos óculos grudadas ao que mais se fala no momento, A. clica num grande portal de notícias. Lê a manchete apressado, engolindo as letras. Falam dele, os canalhas. O punho esquerdo soca a mesa.

Canalhas.

Passa para outra notícia, e outra, sente o pulso acelerar mais uma vez. Uma pontada na lateral da barriga o faz buscar melhor acomodação na cadeira. É o fel, é o fel. Ergue os braços e os estica ao máximo, tentando dissipar a tensão que se localiza nos ombros. Retorna à posição anterior, massageia as costelas com a ponta dos dedos. Assim, meio sem jeito, por cima da camisa, emprega uma massagem frouxa, sem vigor. Um desespero na tentativa de obliterar o caminho, impedir que o amargor suba e suba garganta acima até encontrar saída. Tampa a boca, tampa o nariz, fecha os olhos, mas por pouco tempo. Não consegue controlar a curiosidade. Ao reabri--los está tudo ali, na cara. Fotos, partes de sua vida, da profissão, os erros de português e seu passado como motivo de riso. Um bando de canalhas que deve ganhar uma grana preta para ridicularizar os homens do presidente.

Jura que vai sair dali, e sai. Levanta, caminha em círculos, mas logo está de volta, concentrado, os olhos devorando a tela lumino-sa. Conhece o repertório de ataques, as críticas, os deboches. Nem deveria se surpreender com tanta baixeza.

Respira fundo e minimiza, mais uma vez, as abas, todas.

Um segundo se passa e a ansiedade volta com tudo.

Então consulta o celular.

Não, não, não, nada errado. A promessa continua em pé.

O chefe não vai desistir, não pode, não seria capaz de traí-lo. Militares não abandonam combatentes feridos. É lema, código de conduta, tem a ver com honra, coisa de homem, virtudes que os inimigos não conhecem, não compreendem, e por isso debocham, os desgraçados.

Tudo muito arquitetado, A. sabe, uma união de forças, um con-luio baixo para derrubar um projeto de país. Não, não um projeto, O projeto, o único aceitável para O país. Um sonho grande, enorme, com tanto investimento de tempo e de energia e de amor. Sim, de amor. Agora, graças às inúmeras forças inimigas, este projeto, O projeto, naufraga no mar revolto do poder.

A. nunca se interessou por poder, não aceitou o desafio por poder. Sua motivação passara longe disso. Aceitou por patriotismo, por achar que era a hora de trabalhar pelo futuro que os brasileiros sonhavam. Sabia que enfrentaria invejas, falatórios, mentiras, mas confiava em suas qualidades. Mais de uma vez o chefe elogiara, em público, sua competência. A. não fez questão de modéstia, agradeceu e até corou.

É claro que foi intriga, o chefe sempre admirou seus métodos. Sempre o defendeu. Mas agora, ele disse, a situação se complicara. O jogo tinha virado, A. deixara muita gente furiosa. Se fosse gentinha da imprensa, tudo bem, o chefe disse, mas agora era gente grande, os que mandam de verdade. Não havia saída, alguma cabeça teria de rolar.

Desta vez, meu amigo, é você. Não posso mais segurar a situação.

A. limpa as duas lágrimas que rolam, uma de cada olho. A esposa bate de leve na porta.

Quer um café?, pergunta.

Não, obrigado, ele diz após fungar, só me traz um Dorflex, por favor. Ouve os passos que se afastam. Ouve sussurros vindos da cozinha, pode jurar que ouviu a filha perguntar se ele estava chorando. Pelo silêncio que se segue, tem certeza de que a mulher confirmou com um balançar de cabeça. Remoendo a amargura, A. tenta orar. A nova batida na porta é da filha, a mulher devia sofrer ao vê-lo naquela angústia, decerto emocionou-se, correu até o banheiro, pediu que a filha a substituísse.

Trouxe o comprimido, papai, e um copo com água. Larga sobre a mesa e o abraça. Pelo menos tenho a minha família, A. pensa. Não sou um degenerado, tenho uma família que me apoia, amigos que me admiram, e tenho a promessa do chefe.

Do outro lado da cidade, encharcado pela chuva fora de época, o soldado Z. faz a ronda. Nem é seu dia, não recebera o soldo extra por assumir o serviço do soldado P., um maricas que não foi forte o suficiente para aguentar um resfriado. Z. não teve escolha, aprendeu que no exército é assim, um substitui o outro, a cooperação que Z. não entende como cooperação, mas não teve coragem de erguer o braço e discordar do tenente que passava a matéria na base do grito.

Z. sente a água da chuva escorrer sobre o rosto, algo tão irritante que é impossível não levar as mãos ao nariz e à boca. Pelo menos não precisa ficar imóvel, tilintando de frio. Pelo menos não há um superior controlando seus passos, Z. está cada vez mais longe da torre. E o sentinela mais próximo não conseguiria enxergá-lo, a cortina densa de água atrapalha a visão.

Sente-se inútil, subaproveitado, não concorda que tenha de ficar ali. Não há ameaça alguma, mas aprendera com o pai (e depois com a vida militar) que obedecer sem questionar é a melhor atitude. Todo mundo que ingressa na corporação recebe uma aula prática da obediência. Atos de rebeldia não são toleráveis. Z. se adaptou com facilidade, nunca foi muito de contestar. Mas assim, assim, de forma tímida, uma semente insidiosa cresceu dentro de Z., logo depois da temida aula prática. E essa semente gritava que a imposição de autoridade através da violência era algo inaceitável. Sobretudo ali, dentro do quartel, onde a humilhação era conduta recorrente e nenhum pobre diabo ousava reagir. Rindo, o superior dizia que não havia melhor escola. Todos aprendiam, e bem rápido.

Uma corrente inesperada de vento açoita o rosto de Z. É a imagem da mãe, despedindo-se, caminhando até o ônibus, respirando mal, sem ar, sem ar. E a cadeia de pensamentos se direciona para as notícias mal explicadas, os dramas dos parentes que não podem enterrar seus mortos, o pai, cheio de certezas, repetindo que besteira, que besteira, aqui faz calor, não o frio da Europa, o irmão mais velho, o perdido, seduzido pelo mundo das drogas e da bandidagem, o motivo de seu pai fazer tanta questão de que Z. se mostrasse disposto a seguir a carreira militar, um filho torto era demais, o segundo iria pelo caminho certo, nem que fosse na marra. Só que Z. amadureceu e agora, após alguns dias sofrendo e presenciando episódios de violência, não concorda mais com o pai. Por ele, criaria a maior confusão, levantaria as armas e atiraria contra uns e outros, muitos, quase todos, o bando inteiro de falsos moralistas.

Ladrões.

Z. ajeita o fuzil, esse troço não pesa, afirmava o superior. Mas Z. sabe, ele sente e sabe que, depois de quatro ou cinco horas, o troço começa a pesar, e muito. Retira o fuzil do suspensório e, aproveitando-se da cobertura que a chuva cerrada lhe proporciona, aponta para a frente. Nenhum alvo na linha de visão, nada fixo, nada móvel.

Perda de tempo, uma grande perda de tempo. Poderia estar deitado, nos braços de Anita, na cama de solteiro da casa de Anita, após escalar até a janela que fica entreaberta para que o pai de Anita não perceba. Poderia estar comendo Anita, com urgência, sem barulho, por favor sem barulho porque meu pai tem um rifle.

Seu pai não sabe usar o rifle.

Sabe sim, eu já vi, juro.

Então, ok, comeria Anita com urgência, mas sem fazer barulho porque o pai dela tem um rifle e não está sendo monitorado e por isso não teria a menor dúvida se tivesse que disparar quatro ou cinco tiros até que um, o certeiro, abriria um rombo no peito de Z., bem no coração, este músculo teimoso que o faz subir, todas as noites, num paredão rugoso de mais de dois metros de altura e forçar a janela com urgência mas sem fazer barulho. Porque precisa entrar.

Inspirado pela fúria do pai de Anita, aquele senhor que, com toda a razão, acertaria um balaço no peito de um vagabundo que escala a janela do quarto da filha, mesmo sem perguntar se o vagabundo é mesmo um vagabundo ou um rapaz trabalhador, soldado das forças armadas e apaixonado, Z. se encoraja. Projeta uma situação em que não pensaria duas vezes antes de apontar o fuzil. Se alguém passasse ali, fosse gente grandona da política ou das forças armadas, e se ele desconfiasse da intenção de fazer coisa errada, roubar, levar dinheiro para fora do país ou sabe-se lá que tipo de mutreta, Z. atiraria. Atiraria nos vidros do carro e depois os quebraria com o cabo do fuzil para terminar o serviço.

Como nos filmes.

Um barulho de turbina de avião se impõe sobre o barulho da chuva forte.

Eufórico, portando a melhor de todas as notícias, A. irrompe na cozinha com o celular na mão. Deu certo, chama todos e, com alguma cerimônia, anuncia que a correria para fazer as malas não foi em vão. O chefe manteve a promessa, a mudança é hoje mesmo. A sensação de alívio se espalha pelo ambiente. A mulher dá um grito de felicidade, a filha o beija, o filho se une ao abraço coletivo. Graças a Deus, alguém diz e os outros repetem, Graças a Deus. Quando recupera o tom tranquilo, A. conta mais detalhes sobre o plano: há a promessa de assumir um emprego num local importante, de visibilidade muito maior. Mas não, ele não pode dizer nada, por enquanto é segredo, todos devem confiar.

Precisamos tomar o máximo de precaução, pode ter um telefone grampeado, uma escuta, sabe-se lá do que essa gente é capaz. Querem me matar, A. afirma com um leve tremor na voz.

Ironia do destino, a mulher diz, os primeiros exilados políticos deste país horroroso. Logo nós, que estamos do lado certo da história.

A. passa a mão no cabelo da mulher, concorda e sente, de novo, os olhos cheios de lágrimas. Tem orgulho do que fez, não tem culpa se a inveja dos inimigos, a pressão da imprensa, dos juízes, das pessoas de má fé, foi coisa tão intensa, tão insana que atrapalhou o caminho que trilhara no ministério. Lamenta a liberdade de expressão cada vez mais sufocada, os aliados se insurgindo mais e mais e toda essa gente ruim que nunca aceitou a vitória do presidente.

Vamos, peguem as coisas, todas, deixem tudo perto da porta. O motorista vem nos buscar em meia hora.

A família começa a se movimentar de forma automatizada por dentro do apartamento, a mulher entra e sai de todos os cômodos, pega uma mala e a carrega até o hall de entrada, a deixa cair no chão e volta a procurar pertences esquecidos. Logo atrás vem o filho, com outro volume, solta-o e sai em busca do próximo. Chega a vez da filha, que larga sua mala, dá meia volta e o ciclo se reinicia. Ninguém se olha, ninguém fala. A. não participa, por um momento permite-se admirar de longe a movimentação, e um sabor de vitória o toma. Sim, ele venceu, sairá por cima, e a promessa de nova colocação é merecida. Aceitou deixar o país porque corre risco, o chefe afirmou que sabe de muitos inimigos interessados em sua morte. Ele é uma peça importante, um perseguido, um homem de honra que lutou até o último momento. O sabor de vitória cresce na garganta e se direciona ao peito, empurrando o fel de volta para baixo. E de repente A. sente seu hálito refrescado, como se mascasse um chiclete de hortelã.

Vai até o quarto para fechar o notebook, mas não se contém. Volta à página do chefe para dissecar todas as interações do último tuíte: Verás que um filho teu não foge à luta. Abre-se em sua tela a última foto, a da despedida, em que apertaram as mãos e A., um tanto emotivo, balbucia um pedido de generosidade: um abraço, por favor, um abraço. O chefe não está mais tão normal, o olhar está distante, mantém-se afastado, vira a cara para o lado oposto, como se A. exalasse um mau cheiro. Na hora, A. sequer tinha notado, mas a imprensa viu tudo. Por menos que ele queira, a foto aparece agora, mais perto, mais longe, de vários ângulos. O hálito de hortelã se esvai e a pontada volta, ferindo, doendo. Desta vez A. é salvo pela filha. Vamos, papai, o carro chegou. De mãos dadas com a garota, A. desce até a entrada do prédio. Não precisa se preocupar em carregar as bagagens, a mulher e o motorista cuidaram de tudo. A. sabe que é para poupá-lo. Após lançar um último olhar para o prédio, A. entra no carro e bate a porta. Ouve o som das rodas esguichando a água das poças, fecha os olhos e tenta embarcar nas ilusões do filho. As expectativas que se criam dentro do carro vão crescendo e tomando o ambiente como um gás venenoso. Todos apostam em detalhes sobre a nova cidade, o novo bairro, a filha diz que poderão ter um cachorro, a mulher sonha com compras em outlets. Andarão sem medo de assaltos, sequestros, a violência ficará no passado como uma lembrança ruim. Aos poucos, A. se permite participar das expectativas e quase consegue sorrir. O carro dobra a primeira rua e alcança uma larga avenida. São os últimos momentos. Após vencer mais de um quilômetro da avenida, o carro dobra outra vez. O motorista consulta o relógio, dirige devagar. A chuva atrapalha a visão e é bem tarde. Adiante, é possível avistar os muros da base aérea. Talvez a chuva atrase o voo. Retira o celular do bolso interno do paletó, consulta-o. Não há mensagens. Quando alcança o muro lateral da base, o motorista diminui ainda mais a velocidade e se inclina para frente. Precisa limpar o vidro embaçado. Esfrega uma flanela, estica o braço, alcança até uma parte do vidro que protege o banco do carona. Concentrado, a vinte por hora, ele não enxerga o soldado que aponta o fuzil.

Bem depois da turbina do avião fazer muito barulho e (por fim) decolar, chega a hora de Z. entregar o serviço. O soldado que o renderá está a postos, imóvel, em posição de sentido. Z. choca os calcanhares, presta continência e espera seu superior dar a ordem de descanso. Tomado por um apego, demora-se um instante com o fuzil na mão, mas entrega-o por fim. O superior o supervisiona. Finaliza os protocolos e libera Z., que se dirige ao vestiário. Troca a roupa, despede-se (agora sem a necessidade da continência) e sai. Protege-se da chuva, olha para o céu. Parece aqueles dias que não vai amanhecer.

## 17 As Presenças

Eles chegaram silenciosos, numa noite sem lua. Quando vi, a casa pulsava, inchada das presenças.

Interessada, empreendi parte de meu dia observando o movimento. Esperava alguma janela se abrir e mostrar um pouco mais das pessoas que, de uma forma meio obrigatória, passariam a fazer parte de minha rotina.

Durante o jantar, as novas presenças pautaram o assunto. Minha mãe superanimada em conhecer quem pudesse se interessar por aquela casa, meu padrasto reticente. Àquela altura eu havia desistido de bisbilhotar. Esperava por Ane, que a qualquer momento tocaria a campainha.

Trancamos a porta do quarto. Ane chegou com saudades, transpirou muito. Sua face mostrava uma cor mais rosada que o normal após gozarmos. Então percebemos os uivos. Agudos, incessantes, uivos de lobos em desespero.

Acho que os vizinhos criam cães, tentei uma explicação convincente para Ane. E para mim mesma.

Acordei de madrugada com a sensação de que alguém nos observava. Baixei as cortinas, mas antes olhei para todos os ângulos da casa. Não havia uma lâmpada que a iluminasse, por fora ou por dentro.

No café, o assunto eram os uivos. A mãe, Ane, eu, todo mundo trabalhando hipóteses. Concordamos que os vizinhos poderiam ter muitos cães. E aos poucos fomos deixando-os de lado. Quando percebi, eles se tornaram um assunto exclusivo meu. (A posição da janela do quarto era sempre um convite a bisbilhotar). E teve os episódios dos carros. Eu acordava com o barulho, geralmente um Uber ou táxi trazia, tarde da noite, um homem só, ou um casal. Cheguei a ver uma mulher de salto fino descer do táxi. Todos vinham bem vestidos. Assim que o carro partia, os uivos começavam. Estendiam-se por toda a madrugada. Passei a trocar os dias pelas noites, comprei um binóculo e uma cortina blackout.

Cerca de quinze dias após as noites insones, tive a primeira briga feia com Ane. Ela se irritou, me acusou das ausências, jogou na minha cara a verdade: eu estava obcecada pelos vizinhos. Mandei-a à merda, desliguei e desci para fumar um cigarro.

Oi, disse uma garota de uns seis anos, muito branquinha, enfiada dentro de um vestido azul com saia de armação.

O que você faz acordada a essa hora?

Não tenho sono.

E seus pais?

Saíram.

Joguei o toco do cigarro no canteiro, fiz um carinho na bochecha da garotinha (muito pálida e gelada) e me recolhi. Observei-a da janela do quarto, ela corria, brincava, pulava. Falava sozinha, escondia-se. Antes de deitar, percebi que ela me olhou uma última vez. Um olhar certeiro que atravessou o vidro da janela.

No dia em que fizemos as pazes, Ane veio cheia de vontades. Engolimos o almoço e nos jogamos na cama. De novo escutamos os uivos, só que abafados. Antes de nos despedirmos, ela comentou sobre a ceia de Natal. Queria que passássemos juntas. Eu não prometi, disse que faria o possível. Não ligamos para festas cristãs, só agradaríamos a família.

Assim que chegou em casa, Ane mandou um áudio nervoso. Alguém a seguiu. Não uma pessoa, talvez um animal. Um cão grande, que rosnava. A baba pingava no chão, o barulho tão alto quanto uma torneira pingando no meio da noite. Olhou para trás o trajeto inteiro (Ane morava pertíssimo, a cinco quarteirões da minha casa). Não via perigo, só os jardins iluminados para o Natal, embora achasse que as iluminações, em geral as mais exageradas, intensificavam seu mal-estar, provocavam vertigem ou náusea. Ou as duas coisas.

Larguei o celular e espiei pela abertura da cortina. A garotinha continuava lá, com seu vestido azul, dessa vez um pouco sujo de lama.

Desci.

Antes de acender o cigarro, perguntei o que fazia na rua. Ela respondeu que acompanhou Ane até em casa.

Você conhece Ane?

Conheço. Disse que Ane exalava um cheiro delicioso, mas não sempre, só em algumas situações.

Ei, não mexe com a minha namorada, eu brinquei.

Joguei-me na cama e, de novo, telefonei para Ane:

Você conhece a minha nova vizinha, uma garotinha com um vestido azul?

Ane negou, achou tudo muito estranho.

No sábado tivemos a segunda briga, Ane insistiu sobre a ceia de Natal. Impossível, eu disse, tenho que me dividir em duas: um tempo com minha mãe e meu padrasto e uma visitinha para meu pai. Tenho dois irmãos para ver, presentear. Não houve maneira de fazê-la compreender. Tornou-se distante, depois arredia, depois furiosa e agressiva. Acabamos acusando-nos mutuamente de egoístas, insensíveis e outras mil coisas que nem achávamos de verdade. O rosto de Ane era todo vermelho de raiva. Os uivos dos cães invadiram o quarto, altos o suficiente para terminar com a discussão.

Da janela, assisti Ane indo embora. Estávamos, ambas, magoadas com as palavras duras que saltaram no meio da briga.

Com o canto do olho, vi a garotinha. Intuí que ela seguiria Ane. Enfiei a primeira calça que achei, prendi o cabelo e saí atrás. Assim que pisei na calçada, perdi seu rastro. Procurei-a durante o trajeto, parei na frente da casa da Ane sem coragem de bater. Esperei, olhei atrás dos carros estacionados, dos arbustos, das casinhas de cachorros. Até que desisti e voltei para casa. A garotinha brincava em meu jardim. Tinha as pupilas muito aumentadas, o preto tomava seu olho inteiro. Os lábios vivos, cintilantes, escondiam uns dentes grandes demais para a idade dela.

Seus pais saíram de novo?

Ela assentiu. Perguntei se não era ruim ficar tão só, ela respondeu que não, assim era livre para brincar com seus amigos.

Que amigos?

Você, Ane e muitos outros.

Um barulho que veio da casa a assustou, ela correu para dentro e bateu a porta. Ouvi uma voz grave repreendendo-a. Os vizinhos não, alguém disse.

Rodeei a casa, grudei a cara no vidro da janela dos fundos. Estava acostumando a visão ao escuro do cômodo, começando a discernir imagens de caixotes empilhados, quando uma luz muito forte acendeu. Tonteei, caí de costas. Depois veio o urro de animal muito furioso e um estrondo. Corri para casa, tranquei todas as portas e fechei as cortinas. Debaixo das cobertas, liguei para Ane.

Vou aí.

Não ouse sair de casa, respondi.

Ane não veio, nem naquela noite, nem nas outras. Escrevi mil vezes e ela só respondia com evasivas. Os pais decidiram viajar de última hora, eu estava livre do compromisso de uma terceira ceia. Iam para o interior do estado, passariam o Natal com parentes distantes, nem sabiam quando voltariam. Eu mandava tá, tá, divirta-se, eu te amo, tenho saudades, ela deixava de responder. Quando eu enxergava a garotinha, descia voando para a frente de casa. Como Ane, ela andava distante, evitando minha companhia. Uma noite agarrei seu bracinho gelado, exigindo atenção. Ela me encarou como se estivesse me vendo pela primeira vez. E então veio o convite. Queria que eu passasse a noite de Natal com ela. Um pouco confusa, acabei concordando. Disse que tinha meus compromissos, mas que desceria para o jardim e daria um olá.

Mantive a rotina de escrever para Ane todos os dias. Perguntava como estava a viagem, os parentes, e só recebia um emoji como resposta. Se ligasse, ela não atendia. Mas consegui fazê-la prometer que viria me ver assim que retornasse.

Na noite de Natal, cumpri meus compromissos: brindei com minha mãe e padrasto, depois meu pai buzinou diversas vezes me apressando para a segunda ceia. Voltei semiembriagada de vinho, com muito sono. Subi direto para o quarto, esqueci completamente da promessa para a garotinha. Por volta das três meu celular tocou. Era Ane, sua fotografia pulsava na tela. Animadíssima, atendi. Com uma voz também semiembriagada, ela disse que queria me ver. Tinha tocado a campainha, tentado entrar pelos fundos, encontrou tudo fechado. Estava quase desistindo quando a garotinha apareceu. Conversaram muito, a garotinha era um amor, ofereceu um pedaço de bolo, dispôs-se a fazer companhia. Ane havia aceitado, me esperava na casa ao lado. Dei um salto da cama e corri até a janela. A casa estava totalmente às escuras.

Ane, você tá de brincadeira, eu disse.

Não demora, ela riu e desligou.


Fiz o sinal da cruz antes de pisar na calçada do vizinho. A casa tinha se modificado, como se tivesse se fechado por dentro. O corrimão da escada de acesso à porta da frente congelou minha mão. Quando pisei no primeiro degrau, a luz se acendeu mostrando um hall bem amplo. Junto com a luz, veio a música, alta, e conversas animadas, risos, brindes de taças, gritinhos agudos. Toquei a campainha. Um homem de cabelos bem penteados, com uns dois metros de altura e bochechas murchas, abriu a porta. Ele vestia fraque, abotoaduras de ouro, e tinha um caminhar lânguido. Eu o segui até o salão das luzes. Os convidados me cumprimentavam como se me aguardassem para dar continuidade à festa. Um risinho de criança desviou minha atenção para a mesa de jantar. Reconheci o perfume de Ane, avancei. Estiquei a mão para tocar o seu ombro, queria abraçá-la, retirá-la dali. Ela não se mexeu, então a cutuquei com um pouco mais de força.

Ane, sou eu.

Ela se virou para me olhar no momento em que os uivos recomeçaram.

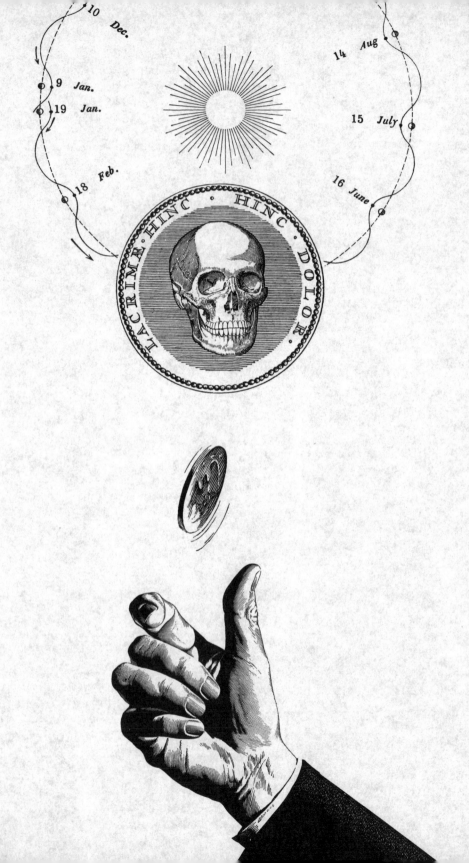

# Sete

## 18

Tem moeda?

Conversa sem sentido, essa, de moeda. Dan ficou irritado assim que entrou no táxi. Ele vinha calmo, olhando para a rua, escolhendo o momento certo de acenar para um carro que viesse vazio. Decidiu que sacaria a arma só quando chegasse ao destino. Seria tudo bem rápido, o motorista entregaria o que tivesse na carteira e Dan saltaria. Sem violência, sem traumas. Porque Dan não era ladrão comum, pé de chinelo, desses que dispara uma arma no susto. Era profissional, frio, inteligente. Poderia ministrar cursos preparatórios para quem optasse pela carreira do crime. Orgulhava-se de seu *modus operandi*. Mas tem dias que as coisas não tomam o rumo programado. Uma palavra mal usada, uma frase fora do contexto, e tudo soa como um convite. Dan nunca teve, mesmo, muita paciência com gente sonsa. Era estourado, os amigos diziam. Também não gostava de conversa mole. O cara tem que ouvir o endereço, dirigir até lá e pronto, pensava. Nada de papo sobre o tempo, os preços do supermercado, o trânsito lento. Veio com essa de moeda, Dan não pensou duas vezes: mostrou o revólver e anunciou o assalto.

Chinês corpulento, da cara gorda, o motorista. O alto da cabeça quase não tinha mais cabelo. A testa suava. Maldito chinês comedor de frango frito, pensou Dan. Encostou o cano da arma bem no ouvido dele. Pelo retrovisor, viu seus olhos se estreitarem ainda mais. Nem parecia mais olho, só dois rasgos no meio da cara. Como conseguia dirigir com este pequeno ângulo de visão?

Anda chinês de merda.

O homem redondinho pisou fundo. O pneu cantou e Dan abriu um sorriso, como se ouvisse a trilha sonora marcada pelo baixo e pela sirene do carro quadrado da polícia, nos filmes dos anos 70. Escorou-se no assento traseiro, relaxou a mão que apontava a arma a acendeu um baseado. Na primeira tragada, a conhecida onda de torpor. Deixa o chinês dirigir enquanto eu fico de boas, pensou. Explicou o endereço com calma. Nada muito difícil, uma carona até Cachoeirinha, um empréstimo e o chinês estaria livre. Se fosse boa gente, Dan deixaria vintão para a coxa de frango. Não, vinte era muita generosidade. Cinco, melhor deixar cinco. Uma bela gorjeta para um serviço de qualidade duvidosa.

O Classic desceu a Bento desviando das tartarugas que trafegavam no domingo à noite. Parou no sinal da Princesa Isabel, e um carro encostou do lado. O chinês tentou uma comunicação, com os olhos.

Te comporta aí, Chino! Tô de olho em ti, Dan ameaçou.

Pressionou o cano da pistola contra o banco, cutucando bem no meio das costas do motorista. Chino fechou o vidro e não olhou mais para o lado. Seguiu pela João Pessoa, concentrado no trajeto. Parou no primeiro sinal. O celular, posicionado num apoio de plástico, preso ao painel do carro, vibrou. Uma foto de mulher, com uma blusa rosa pink e decotada, cobrindo apenas os bicos dos seios, apareceu na tela.

Dá isso aqui, Dan esticou o braço e puxou o celular. Quem é a gostosa? Desbloqueou a tela, a foto reapareceu. Lolipop Angel era o nome da moça. Moça só de corpo, porque a carinha era de criança. No máximo quinze anos, Dan calculou. Chino pedófilo filho da puta! Acertou uma coronhada na testa do motorista. Riu alto, largou a arma e voltou ao celular. Procurava mais fotos da moça, ou de qualquer outra que interessasse. Cogitou retornar a ligação, apresentar-se, marcar um encontro, mas o carro parou de novo, no segundo sinal vermelho. A mão de Dan largou o celular e retornou para a arma.

Dois garotos de pés descalços se aproximaram. Deram toques na janela e pediram trocados. O gesto não comoveu Dan. Chino sequer abriu o vidro, fez cara de desprezo. Já não bastava o ladrão levar suas economias? Teria, ainda, que sustentar mendigos? Movimentou-se no banco, procurando melhor acomodação, torcendo para que Dan não notasse a bolsa de pano que escondia no bolso interno da calça, recheada com notas de cem.

O terceiro sinal, verde. Chino passou ao lado do viaduto que leva ao centro e contornou a esquina da Redenção. Antes de dobrar à esquerda para o Viaduto da Conceição, reduziu. O trânsito congestionou. Lançou um olhar que indagava o caminho, Dan mandou ligar o rádio.

Merda de gurizada que bebe e se mata. Garanto que é acidente, Dan acusou.

É o movimento da rodoviária, o Chino defendeu.

Ajeitou o retrovisor, ficou cuidando os carros. Anda, para, anda, para, anda, para. A FM não informava as condições do trânsito. Dan pediu que trocasse para a rádio Continental. Uma boa música para relaxar. Agora eram dois executivos que retornavam para suas casas após um dia de grandes investimentos. Passaram a tarde lucrando rios de dinheiro, pelo celular, contatando quem lhes devia grana ou favores. Pouco importava o valor do taxímetro, afinal de contas. Tocou *We are the world,* tocou aquela, *I just called,* do Steve Wonder, tocou *Stairway to heaven*, que é muito comprida, e nada de alcançarem a saída da Castelo Branco. Quando conseguiram contornar a rodoviária, os balões anunciavam a blitz. Estava explicada a tranqueira: balada segura. A esta altura Dan já estava de saco cheio, e mandou o Chino pisar fundo. Inclinou-se para a frente e aumentou o volume do rádio. Tocava *Highway to hell*, música incomum na trilha da Continental. O Chino obedeceu e passou como um louco pelo guarda que apontou um trabuco, sem coragem de atirar. Uma das viaturas saiu atrás, o agudo da sirene atrapalhando a música que Dan apreciava. Ele se inclinou para a frente mais uma vez e girou o dial até o fim.

Pega a ponte. Vamos pra Guaíba.

O Classic avançou para o viaduto em curva à esquerda, soltando fumaça do escapamento. Na subida, encostou numa caminhonete escura, suja de barro. No volante um homem quase sem queixo, com a cara mais larga que comprida. Ostentava um rabo de cavalo e a falta do dente da frente. Escancarou a boca numa gargalhada que quase tragava Dan, o Chino, o Classic e a ponte em curva. O tubo de seu esôfago atraía, exatamente como um olho de furacão atrai objetos, voando em torvelinho. O homem sem dente não deixou o Chino passar. Emparelhou e jogou a caminhonete contra o Classic. Abriu o vidro traseiro e três cabeças de cães furiosos saltaram, latindo, prontos para avançar. O Chino se assustou, não teve braço para segurar a direção. O Classic perdeu o controle e deu com tudo na mureta.

Dan apreciou, congelado, aquele instante de suspensão que precede a queda.

E então a terra os puxou.

Despencaram. O carro girou sobre si e caiu capotado.

Minutos se passaram até que Dan se livrasse das ferragens. Chutou o que havia sobrado da janela traseira e saiu escorregando. Fez um breve exame dos ferimentos, estranhou que não possuía cortes, mesmo com tanto estilhaço. Avistou o Chino logo adiante, em pé, escorado num dos pilares do viaduto. E foi bem quando ele veio, de novo, com o papo da moeda. Dan ia partir para cima, acertar a cara dele. Mas ele fez um gesto com a mão espalmada, depois apontou para o rio.

Dan não notara a noite tão fria e nebulosa. Tudo ao redor muito silencioso, de repente não havia mais sirene. Olhou mais uma vez para o Chino e ele insistiu, apontando para a água. Lá longe, no meio da bruma, um barquinho se movia. Único barulho audível na noite escura, o do homem remando no rio. O remo mergulhava de um lado, deslizava para trás, e saía, para mergulhar de novo, do lado oposto. O estranho vinha, sem muita pressa, até os dois. Esperaram, não havia muito o que fazer. Conforme o barquinho se aproximava, a figura ficava mais nítida. Tratava-se de um homem com uma roupa bem escura, com capuz, e um manto longo, que cobria os pés. Quando ele chegou na margem, suas mãos brancas, muito enrugadas, ficaram evidentes. Por baixo das mangas, viam-se as unhas compridas, afiadas como garras. Ele encostou o barquinho, e Chino não disse nada. Só entregou sua moeda e embarcou. Olharam, os dois, para Dan. Ele entendeu que era a sua vez. O barqueiro estendeu a mão, firme. Dan esvaziou os bolsos da calça, procurou na carteira. Mas nada. Ele não tinha uma moeda.

# 19 *Lápis de cor*

Começou na infância, Joaquim mal falava. No chão do quarto, separava as pecinhas verdes do quebra-cabeça, gostava de brincar só com elas. Algumas vezes o pai o provocava, escondia as verdes, obrigava-o a brincar com as vermelhas, amarelas ou azuis. Joaquim olhava de longe, desconfiado. Não tocava nas peças, dirigia-se para outro brinquedo, outro estímulo. Assim que cresceu um pouquinho, tornou-se dramático: chorava pelas peças verdes. Berrava alto para que seu desejo fosse atendido imediatamente. Os pais cederam, o filho mantinha gostos peculiares. Deixaram de contrariá-lo, suas pequenas manias se curariam com o avanço da idade. E assim, aos seis anos, Joaquim determinava como a mãe deveria estender a roupa. Do vão da porta que dava para o quintal, conferia: os prendedores precisavam ter o mesmo formato e cor. A mãe, um tanto avoada, mantinha Joaquim tenso durante todo o processo. Quando olhava para o varal e enxergava alguma peça de roupa pendurada com combinações aleatórias de prendedores, Joaquim agitava-se, roía os dedos, fazia uma birra que se estendia até o momento em que a mãe se dispusesse a reorganizar seu mundo. Depois passou a berrar, comer os courinhos das unhas, atirar objetos contra a TV. Aos nove iniciou sua primeira coleção, de tampinhas rosqueadas de garrafas PET. Tinha que ser as da Coca-Cola, vermelhinhas.

O que aconteceu com a preferência pelo verde?, a mãe perguntou. Joaquim não sabia. Arrumava as tampinhas, uma ao lado da outra, embaixo da cama. Fazia um escândalo cada vez que a diarista varria o quarto.

Sob o olhar compreensivo da mãe, a coleção aumentou, ultrapassou os limites da cama, tomou os locais de passagem. Qualquer pessoa que entrasse no quarto tinha que desviar ou pular num só pé se desejasse chegar até a janela. Um dia a mãe se encheu daquilo tudo, autorizou a limpeza completa de cima a baixo. Joaquim chorou a tarde inteira, um choro por vezes sentido, por vezes raivoso. A diarista se assustou, deu uma desculpa, tenho problema de nervos, vou ali no postinho fazer uma injeção. Nunca mais voltou.

Joaquim passou a trancar a porta do quarto. Retirou a televisão, o videogame, desligou o split. A luzinha vermelha e o pequeno ruído dos aparelhos em repouso o irritavam. O quarto virou sua fortaleza, os pais mal o enxergavam nos outros cômodos da casa. Uma tarde, a mãe aproveitou que ele estava na escola e trouxe o chaveiro. Arrombaram a porta, encontraram a poltrona e a mesa de estudo obstruindo a passagem. Havia papel picotado, roupas e comida apodrecendo ao redor da cama. Precisavam consultar um psicólogo. Joaquim chegou da escola e repetiu o escândalo. Por fim, aceitou o tratamento. Consultou por dois anos, o problema foi amenizado. Em parte. Parou de colecionar objetos não colecionáveis. A ânsia pela solidão, entretanto, aumentou. A privacidade do quarto seguia fora de negociação.

Nas férias de verão, o pai inventou uma viagem. Com jeitinho convenceu Joaquim que seria bom espairecer. O objetivo principal era esse, o casal escondia outros. Queriam, de novo, o quarto livre. Optaram por uma praia de águas calmas e areia grossa. Naqueles dias Joaquim experimentou uma paz diferente. Avançava mar adentro até onde os pés não tocavam mais o chão e tomava um impulso que o motivava a dar duas braçadas sem bater as pernas. Na terceira braçada, virava-se de barriga para cima. Permanecia um bom tempo ali, boiando, escutando os movimentos da água que entrava e saía de seu ouvido, imaginando um peixe azulado que emergiria das profundezas e saltaria sobre seu corpo ou, pior, um tubarão que apareceria, naquele instante, para se alimentar de seu braço ou da perna. Não conseguia pensar num objeto, mania ou gesto que prevenissem o ataque do tubarão. Perder o controle, naquele caso específico, proporcionava paz, e ele a saboreou por três dias. Na quarta manhã percebeu um padrão: o funcionário do quiosque, antes de ajeitar as cadeiras de praia e guarda-sóis, virava-se para o mar:

Terra à vista, gritava.

A quinta-feira amanheceu nublada, não teve o grito do funcionário do quiosque. Joaquim pensou que ele tinha se atrasado, tirado uma folga ou sofrido o ataque do tubarão. Rejeitou o banho de mar.

Pai e mãe presenciaram a pior crise de Joaquim quando retornaram para a cidade. A nova diarista metera as mãos em tudo, desde a sua coleção de super-heróis da Marvel até o jeito de dobrar as roupas. Ele se encolheu todo e, junto à parede lateral do roupeiro, gritou. Gritou alto, muitas vezes, depois chorou até perder o fôlego. A psicóloga indicou acompanhamento psiquiátrico. Chamou os pais em particular: a gente nunca sabe, a condição dele pode avançar para um caso violento, como acontece nas escolas dos Estados Unidos. A mãe teve uma queda de pressão, o pai transpirava. Obrigaram Joaquim a intensificar o tratamento, com mais uma consulta semanal e doses baixinhas de medicação, o que havia de mais moderno, segundo a psiquiatra. Na terceira sessão, ele falou. Contou que sentia, na boca, uma gosma branca, uma cola que aos poucos se grudava nas gengivas e nos dentes. Ele esfregava os dedos e não conseguia remover. Tentava cuspir fora, não tinha forças, os músculos travavam. Tentava engolir e também não conseguia, a garganta se fechava. Só restava ruminar e ruminar aquela gosma grudenta, torcendo para que a saliva a desmanchasse aos poucos. Cada vez que sua organização pessoal do mundo ao redor falhava, a gosma crescia, grudava mais, bloqueava a passagem de ar. Também falou da insônia. Acordava no meio da noite. Tanto ele quanto seus objetos obedeciam a uma ordem toda especial que os tornava responsáveis pelo andar do mundo num trilho seguro. Tratava-se de um equilíbrio muito delicado, e caso ocorresse uma mudança, ainda que tímida, o mundo ruiria em pedaços. A psicóloga perguntou de que jeito o mundo ruiria, com uma explosão, terremoto, guerra, o choque de um asteroide?

Não seja boba, Joaquim disse. Explicou que o mundo ruiria aos poucos. Devagarinho, sem ninguém perceber, com uma falha no chão que se abre um centímetro por dia.

Na décima sessão, com o laço de confiança mais firme, a psicóloga passou a incentivá-lo a desenhar. Na décima segunda, surpresa com o talento recém-descoberto, presenteou Joaquim com uma caixa de lápis de cor. A caixa bonita, preta com detalhes dourados, se abria inteira ao deslizar a parte superior sobre um trilho de papelão que a unia com a inferior. Ao abrir, Joaquim sentiu um tremendo mal-estar. Os lápis não estavam organizados da forma como se espera, a partir da cor mais fraca, branca ou amarela, até a cor mais forte, o preto. Não quis ajeitar na frente da psicóloga, mas uma ansiedade galopante o tomou. Precisava, com urgência, voltar ao quarto e dispor cada lápis em seu devido lugar. Trabalhou um pouquinho com eles e dormiu após checar, pela vigésima vez, a ordem das cores. Na manhã seguinte, a fenda se abriu embaixo de seus pés: os lápis, de novo, bagunçados dentro da caixa. Organizá-los trazia bem-estar, a ideia de poder sobre todas as coisas. Perder esse poder, essa capacidade de regrar o mundo, por outro lado, era desesperador. As circunstâncias específicas em que o descontrole trazia paz faziam parte do passado. E viver esse paradoxo, em busca de situações que fugiam de seu controle era algo ainda mais desesperador. Gastou boa parte de seu dia checando a caixa: os lápis estavam em ordem? Sim, estavam. Dormiu pior, um sono cheio de sobressaltos.

Viu?, perguntou a psicóloga na sessão seguinte, os lápis se bagunçam e o mundo segue, tudo igual.

Sim, sim, ele respondeu bem contrariado.

Verdade, o mundo seguia em pé. Mas se a psicóloga deslizasse as folhas de papelão que compunham as partes superior e inferior da caixa, abrindo-a completamente, e espiasse através da fenda que se formava no meio das dobras, enxergaria as ruínas do mundo de Joaquim.

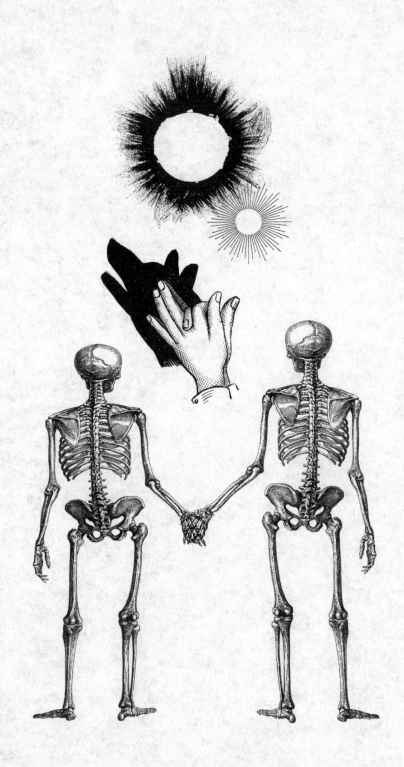

# Como se mata um Lobisomem?
## 20

Não te disse que ela era bruxa?

Sentou-se, com um risinho nervoso, ao lado do amigo. O calor das chamas tornava intenso o cheiro das axilas. Transpiravam, os dois. Tinham sede, mas não queriam arredar o pé dali. O incêndio servia como a comprovação final das mil teorias criadas no imaginário dos garotos.

Os bombeiros falaram que foi um curto, disse Carlito.

E ia queimar assim tão ligeiro? Foi a velha, certeza.

A casa de madeira, construção mais antiga da rua, em pouco tempo ruiria levando consigo todos os mistérios de um período de imaginação na vida de Otávio.

Desde os sete ou oito anos, quando o pai de Carlito contou a história, Otávio passou a evitar o contato com a (até então) simpática senhora. Esquivava-se, cumprimentava-a bem de longe, não ousava sequer levantar os olhos. E rondava o casarão, escravo de uma curiosidade que beirava o fascínio.

Construída sobre alicerces de madeira que se erguiam a quarenta centímetros acima da fundação, a casa permitia que o corpo de um homem adulto se movimentasse, ainda que rastejando, sob o assoalho. Lá embaixo, onde nem o sol do meio-dia iluminava, repousava o mistério.

Uma vez o boy do posto de gasolina foi entregar um botijão de gás, contou o pai de Carlito. Envolto por um lençol branco, o pai segurava uma lanterna de pilha apoiada no queixo. Contou que o entregador batera duas vezes, aguardou, bateu a terceira. Esperou um pouco só, tinha pressa, outras entregas. Então ele firmou a mão na maçaneta e a porta se abriu. Gritou um ô de casa, pediu licença. Caminhou até a cozinha, pisou forte, fez barulho, mas não viu ninguém. Instalou o botijão e voltou para a porta da frente, um pouco constrangido. Bateu palmas, gritou mais alto. Esperou o tanto que sua ansiedade permitiu, algo em torno de meio minuto. Avançou pelo enorme corredor, chamou, examinando peça por peça. Ao chegar na cozinha, levou um susto: o vento gelado, vindo de uma fresta, despenteou seu cabelo. O pai de Carlito parou e olhou para cada um dos garotos: atenção que agora vem a pior parte. O entregador notou que havia uma peça a mais, iluminada apenas por uma vela branca, que não combinava com a casa. Da porta, ele notou o dinheiro em cima de uma mesa de canto. Pegou as notas, o valor exato da compra do gás, colocou no bolso do uniforme e foi se retirando, satisfeito com a consideração da dona da casa. Mas antes de dar o último passo, pisou numa tábua solta. A outra extremidade da tábua se elevou e ele pôde reconhecer a cara do velho morto, branca como cera. O entregador congelou, e no segundo seguinte tentou correr. Um braço todo esfarrapado, só osso, tendões e vermes, segurou seu calcanhar. Tentou puxar a perna e tropeçou, caiu no chão do quarto. Quando conseguiu se livrar, correu até aqui e grudou o dedo na campainha. Tremia tanto que virou toda a água com açúcar do copo que servimos. Não falava, suava frio, tremia e soluçava. Meia hora depois, após muita insistência nossa, ele aceitou ir até a frente do casarão buscar a moto. As luzes estavam todas apagadas e a casa, coberta por nuvens, tinha um aspecto carcomido. Pelo que sei, o entregador pediu demissão e foi embora da cidade.

A primeira obsessão na vida de Otávio foi a vovozinha do casarão, a segunda foi Agnes.

Ao chegar da escola, Otávio torcia o guidão da bicicleta e pedalava em círculos até ouvir o carro do pai de Agnes dobrar a esquina. No melhor momento de seu dia, Otávio parava a bicicleta e a enxergava, primeiro de frente e depois girando, devagar, acompanhando o Ford prata em sua curva para embicar no portão. Temperamental como o pai (que podia acenar ou não), Agnes, em dias bons, levantava a mão e sorria, em dias ruins não olhava. Mesmo nos dias ruins, Otávio aguardava a elevação da grade, o ronco do acelerador que movia pai e filha para o pátio interno. E acompanhava o fechamento do portão em sua velocidade preguiçosa, até o encaixe do metal com calçada. Naquela hora ele não olhava mais para Agnes. Era o momento dedicado a pensamentos sobre portas que se fecham. Não podia culpar Agnes, afinal. O mundo negava a aproximação dos dois.

E como Pernalonga se comportou hoje?

Otávio ignorava a pergunta da mãe, embora concordasse sobre o apelido. Quando sorria, Agnes mostrava dois incisivos enormes, desproporcionais em comparação com a largura da boca, dos lábios e dos outros dentes. As pernas finas também eram responsáveis pelo apelido. Otávio, é claro, não a via como o coelho de voz irritante. Para ele, Agnes parecia uma ave pernalta, uma garça de beira de praia se alimentando de tatuíras sob o pôr do sol do Cassino.

Tira o prato da mesa, menino.

Otávio engoliu a comida e queimou uma parte do céu da boca. Discreto, não emitiu um ai. Bebeu um gole de água e pediu licença. Quando a mãe cogitou pedir ajuda com as compras do supermercado não enxergou o rastro do filho.

Protegidos pela sombra da grande figueira da praça, os dois garotos ignoraram os convites para o futebol da tarde.

Fiz um mapa, disse Carlito.

Desenhados com caneta preta, os pontos onde eles detectaram objetos estranhos embaixo do casarão.

Isso aqui é um penico, riu Otávio.

Ou um balde, não sei.

Otávio ergueu os ombros.

É só para a gente se orientar, bocó. Agora presta a atenção que passei todo o recreio desenhando, disse Carlito e apontou para o centro do papel onde havia um retângulo em caneta vermelha e marcado por uma cruz: é aqui.

Teu pai disse que o caixão ficava perto da cozinha. E a cozinha é na parte de trás da casa.

O que tem embaixo da cozinha é um caixote. Não cabe um corpo dentro. O caixão tá bem no meio da casa. Sei lá, deve ter se movimentado.

Otávio podia jurar que o amigo também se assustara com a própria voz, cheia de convicção.

Você não vai amarelar na hora, né?, tentou disfarçar o tremor das mãos.

Não. Claro que não. E você?

Não sou covarde.

Combinaram a expedição para o dia de finados. Não contariam para os outros garotos, não queriam mais gente envolvida.

Otávio fez o possível para afastar a ansiedade durante a semana. Forçava a concentração nas aulas, inclusive nos exercícios de matemática, pesquisava amuletos de proteção nos livros de ciências ocultas da biblioteca, e pensava em Agnes, no quanto ela se orgulharia de saber que o garoto da turma 61, seu vizinho de frente, fora valente o bastante para salvar o bairro da bruxa maldosa que se apossara da alma da velhinha.

Na manhã de dois de novembro, os garotos trocaram mensagens. Adiaram os planos para as três e meia da tarde porque Carlito fora convocado ao compromisso familiar: levar flores para a avó no cemitério municipal.

Três e quarenta e dois ele jogou a bicicleta no gramado da praça. Otávio o aguardava impaciente:

Ainda bem que tem horário de verão.

Isso que você tem no pescoço é alho?

Tenho água benta também, peguei hoje cedo na igreja.

Vamos enfrentar um vampiro?

A gente não sabe o que vai encontrar, sussurrou Otávio, toda a precaução é bem-vinda. Enrolou o colar com cabeças de alho no pescoço do amigo e entregou-lhe uma estaca cheia de farpas de madeira.

Isso vai espetar nos meus dedos.

Seja homem. Vamos!

Esgueiraram-se pelo muro baixo da frente do casarão, parando na altura de cada pilar para tomar fôlego. Subiram no canto lateral esquerdo, oculto por um arbusto mal podado da calçada, e saltaram para dentro do terreno. Não era a primeira vez que invadiam o quintal da vizinha, mas hoje seria diferente, não sairiam dali sem uma comprovação.

Será que ela saiu?

O morto dela repousa aqui. O que ela ia fazer no cemitério?

Tá um silêncio.

Agachados, contornaram a casa, margeando o muro até chegar na parede externa da cozinha. Passaram pelo meio de dois canteiros circulares, onde cravos de defunto restringiam o espaço de margaridas selvagens, e deitaram-se de bruços no mato alto. Espiaram através do vão durante alguns segundos, sem trocar palavra. Depois se arrastaram até o chão batido debaixo da casa. Otávio tateou o caixote, bateu de leve, pressionou uma tábua solta. Ouviu um barulho de patinhas que, assustadas, correram em direção ao canteiro. Conteve a respiração acelerada por conta do susto, olhou para o rosto de Carlito, a menos de um metro de distância:

Um rato, dos grandes.

Acho que eu não quero mais, Carlito titubeou.

Cagão, Otávio segurou seu pulso, deixa que eu vou na frente.

Rastejou feito réptil, sempre atento ao movimento do amigo. Não que fosse mais corajoso, longe disso. Era só curiosidade.

Tá ficando mais apertado.

Sim, Otávio acabara de notar a mesma coisa, como se o assoalho da casa fosse mais abaulado bem no centro. Seria um indício da bruxaria?

Putaquepariu, eu entalei aqui.

Otávio também se viu entalado. O braço trêmulo tocou o caixão.

E tudo escureceu.

Que bagunça é essa?

A voz vinha de cima, grave, ameaçadora.

Perdido, Otávio procurou a mão de Carlito. Segurou-a com força. Lá em cima, alguém falava alto, xingava, agredia outro alguém que, intimidado, não se pronunciava. Passos de uma criatura grande percorriam toda a extensão da casa e os gritos, às vezes audíveis, às vezes urros em meio a frases desconexas, chegavam muito perto e se afastavam.

Já disse que não quero esses fedelhos aqui.

A frase foi clara. Otávio espremeu a mão de Carlito. Tentou abrir a boca para falar, mas as palavras morreram antes mesmo do ar passar pelas cordas vocais. O resultado do esforço foi um ar agonizante, proveniente dos pulmões confinados no tórax que agora tinha a circunferência das costelas de um rato. Os gritos prosseguiam, acompanhados de barulhos de móveis arrastados, pontapés, socos em alguma superfície dura, e num dado momento Otávio teve certeza que ouviu um choro bem fininho.

Ave Maria cheia de graça, começou a repetir oração.

Ava Maria cheia de graça, Carlito o imitou.

Rezaram de mãos dadas, ignorando qualquer convenção sobre o comportamento entre dois meninos. Procuravam segurança, um no corpo do outro, se pudessem, estariam abraçados, os rostos grudados, a respiração em sintonia. Mas não podiam, alguma magia os imobilizara, pressionando seus corpos contra o chão de terra. O único canal de transmissão de coragem era o contato entre as duas mãos. Apertaram-nas mais forte ao ouvirem um estrondo. E então o silêncio.

Será que acabou?, Carlito soltou a mão.

Otávio não respondeu. Caíra num buraco profundo, na tarde em que ficou sozinho com o tio peludo. Quantos anos ele tinha? Uns cinco. Engraçado, ele se esquecera do tio. Também, ele nunca mais apareceu depois daquela tarde em que ficaram, os dois, assistindo desenho. O tio colocou um filme de mulher pelada, fechou a janela, falou coisas com uma voz engraçada. A mãe chegou na hora, viu o tio com o rosto muito perto. Perto de quê? Não lembrava. Só lembrou que teve uma briga feia, com gritos, choro. O tio tentou se explicar, mas a porta bateu, igualzinha à da casa da velha.

Carlito pegou de novo a mão do amigo: tem um bicho aqui.

Não dava para enxergar, só ouvir um animal rosnando, cheirando pelo vão. Pelas pisadas e o barulho que saía do focinho, imaginou um animal muito grande.

De novo, seguravam as mãos com tanta força que poderiam arrancar os ossos um do outro. E de novo rezaram, imploraram para que o monstro fosse embora. Por favor, Deus, a gente faz qualquer coisa, por favor, manda o lobisomem embora.

Otávio soltou o último nó de sua compostura e chorou também. Perdera o controle sobre os músculos, corpo inteiro tremia, a garganta fechada permitia só um fiozinho de ar.

Um hálito denso alcançou suas narinas. O rosnado foi chegando perto, mais perto, como se a bocarra do lobo estivesse prestes a puxar-lhe pelos pés. A pele de sua perna foi tocada por algo macio de superfície rugosa, como uma língua, então ele gritou.

Sim, uma bruxa, disse Otávio enquanto acompanhava a ineficiência dos bombeiros em apagar o fogo.

O grito espantou o monstro, o sol voltou a aparecer. Com um estalo de madeira velha, o assoalho da casa desenvergou e eles se arrastaram de volta até o canteiro dos cravos. Depois correram para o gramado da pracinha, e em seguida para suas casas.

Na manhã seguinte os moradores do bairro avistaram uma ambulância com médicos e enfermeiros sinalizando que não havia esperanças. A velhinha morrera durante a noite, o coração parou de repente.

Demorou um tempo até que advogados da família resolvessem a papelada do casarão. Tempo suficiente para Otávio verificar uma penugem crescendo em seu rosto, na região das têmporas e acima dos lábios, além das alternâncias de timbre na voz. Tempo para esquecer o episódio do tio peludo e para o sorriso de Agnes se harmonizar, com a vinda dos outros dentes permanentes. Otávio cresceu, passou a compreender os impulsos que o faziam pedalar em círculos. O corpo dela também mudou, os cabelos alisaram, a cintura afinou, os gestos se tornaram mais suaves. As coxas da ave pernalta rechearam-se, o que poderia indicar mais maturidade e, talvez, um sinal positivo, que permitisse aproximação.

Mas não, o portal de Otávio jamais permaneceu aberto por mais de vinte segundos.

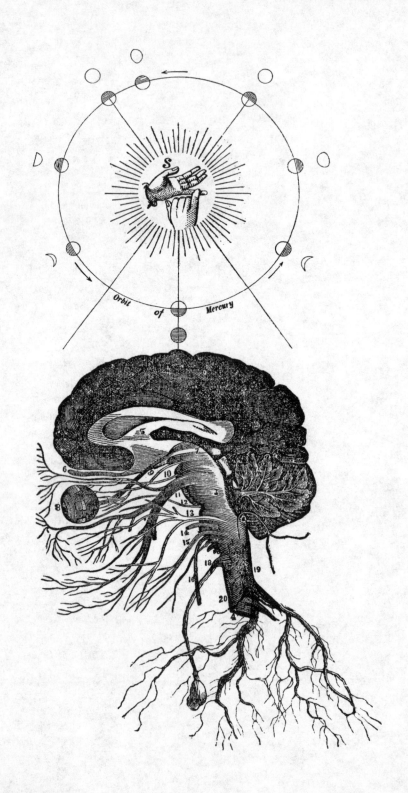

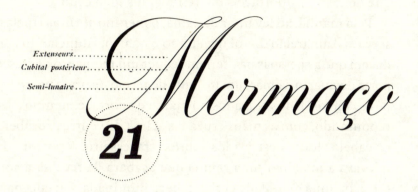

# Mormaço

## 21

Foi o calor.

O menino experimentou certo alívio ao ouvir, sorrateiro, os cochichos dos empregados da casa. Os sussurros ecoavam pelos corredores, confirmando o que aprendera na aula de ciências, no bimestre passado, sobre a temperatura corporal. De costas para a lousa, escorado sobre a mesa, o professor abriu o livro e leu em voz alta um parágrafo grande. Depois largou-o e repetiu com palavras próprias para reforçar a explicação: a temperatura não podia ultrapassar dos trinta e sete graus, embora algumas vezes o hipotálamo, parte importante do cérebro, entrasse em parafuso, achando que precisava aquecer o corpo mais e mais.

Hipotálamo

hipo-tá-lamo

Ao sair da aula, o garoto repetiu diversas vezes o nome do órgão, tão sonoro e interessante. E a partir de agora reservaria uma deferência toda especial ao responsável por eximi-lo da culpa que sentia. Talvez estudasse medicina, como o avô e aquele tio que foi embora para o exterior.

Claro, tamanho abafamento só podia provocar febre. Ainda mais numa acamada em situação extraordinária, em que tossir, soluçar, sentar ou levantar-se de supetão poderia resultar na perda do bebê.

O hipotálamo da mãe, agora o menino tinha certeza, agira feito doido, procurando ajustar a temperatura de dentro com a de fora, que beirava insuportáveis quarenta graus logo cedo.

Pela manhã, ao levantar da cama, o menino abria as janelas e observava o amarelão do sol invadindo o quarto, anunciando mais um dia em que as pessoas não teriam sequer um momento de frescor. Na porta do quarto da mãe, um instante de receio. Elevado pela ponta dos pés e com os dedos cravados no marco da porta, o menino a espiava repousando, com as mãos cruzadas acima do ventre protuberante e os cabelos louros estrelados sobre o travesseiro. A postura da mãe o levava a imaginar uma rainha que acabara de receber a coroa de ouro, ou uma divindade com a cabeça iluminada. Ou em chamas. A explicação veio sem qualquer ornamento:

Os cabelos grudados na nuca aquecem como um cachecol, afagou as costas do garoto, desceu a mão até a cintura e arranhou de leve, tentando provocar cócegas, cadê o toucinho que estava aqui?

O gato comeu, foi pro mato, o mato queimou, a água apagou, disse emendando as palavras.

Ei, a mãe o repreendeu. Segurou firme o lóbulo da orelha dele.

O garoto enrubesceu, não teve coragem de encará-la. Mastigou uma fatia de pão torrado, bebeu o resto do café com leite e correu de volta para a sua cama. Costumava acompanhar os movimentos matinais através de sua enorme janela, de vidros bem limpos. Lá embaixo, na calçada, os empregados chegavam esbaforidos. Empurravam o portão de ferro, entravam e subiam a rampa de acesso à porta abanando-se com o jornal ou com qualquer pedaço de papel mais grosso que encontrassem no caminho. O mormaço provocava uma tensão estranha, de zona de guerra, como se todos esperassem o momento em que as bombas começassem a explodir.

Se um adulto sofria, imagina um bebê, um feto que, além de ter que suportar a elevada temperatura externa, ainda fritava no ventre de uma mãe febril. Óbvio que uma criatura tão indefesa não resistiria.

Foi o calor.

Dois anos atrás, aconteceu de forma diferente. E na outra também. Nem mesmo da primeira vez, que era inverno, o menino podia transferir a culpa para o calor. Mas ele podia culpar a mãe. Irritava-se com a tenacidade e o desespero, com o fato dela ser capaz de dedicar tanto amor para um desconhecido. Sobretudo, irritava-se com a possibilidade de o amor pelo bebê, uma criatura incompleta, ser mais intenso e poderoso que o amor que ela devia a ele, o filho presente, completo, com olhos e talentos, falas e inteligência.

Dispensou a ajuda da babá para vestir o traje sóbrio comprado às pressas. Os anteriores não serviam mais, ingressara na conflitante fase em que pernas e braços crescem mais rápido que o resto do corpo. Nem mesmo aceitava que a funcionária que o acompanhou desde pequeno fosse chamada de babá. Corrigia os demais empregados da casa, esquivava-se da companhia da jovem senhora, tão estimada no passado. Bastava de criancices, precisava ter atitudes de homem, especialmente agora. E as atitudes de homem incluíam a coragem de assumir seu segredo vergonhoso, admitir a si mesmo que nunca desejou um irmão e que se ressentia da determinação da mãe. Por vezes chegou a odiá-la, mas nunca tanto quanto hoje.

Amarrou os cadarços do sapato de couro, abotoou o casaco com dificuldade e desceu pela escada apoiando-se no corrimão de madeira trabalhado em arabescos. Parou no segundo degrau e ajeitou o nó pronto da gravata, talvez quando subisse de volta ao quarto seria um homem feito. Desceu pé por pé, qualquer passo apressado o faria transpirar. Na sala grande, o pai o esperava, com o colarinho afrouxado e inúmeras gotículas de suor prestes a formar um rio que a qualquer momento desaguaria pelas têmporas. Abraçou o menino e o soltou antes que os corpos se tocassem de verdade. Sorriu constrangido:

O ar não dá conta.

A distância inócua do pai não o incomodou. A presença do médico da família, sim. Cumprimentou-o, caminhou até a poltrona de couro preto, no canto oposto da sala, e sentou-se enquanto os adultos permaneceram em pé.

Eu não consigo acreditar que ela escondeu isso por mais de semana.

O médico pôs a mão no ombro do pai. Lançou um olhar de compaixão que agrediu o garoto assim que se estendeu até ele.

Tudo leva a crer que sim, disse, um pouco constrangido.

Talvez ela pensasse que estava tudo bem, disse o pai, era distraída.

Pode ser, o médico suspirou. Tentou iniciar nova frase e desistiu. Por fim opinou: com sete meses o bebê se movimenta muito. Não foi a primeira gravidez, ela deve ter percebido quando o bebê parou de mexer.

Ela quis? Você acha que ela quis morrer com o bebê?

Um empregado avisou que o carro chegara. Abriu as portas para que entrassem, o pai na frente, o menino e o médico atrás, imersos em reflexões inexprimíveis. Os vapores de piche que o asfalto emanava criavam uma visão embaçada, com vultos dançantes. O cortejo avançou lento e sóbrio, não se ouviu o som dos pneus freando quando o motorista estacionou em frente ao funeral.

Ainda vazia, a capela acomodava, no centro, o corpo da mãe com os dedos cruzados acima do ventre. O menino correu para vê-la. Puxou seus cabelos e os ajeitou estrelados, longe do pescoço.

A atitude não simbolizava perdão. Ele só não queria que a mãe passasse calor.

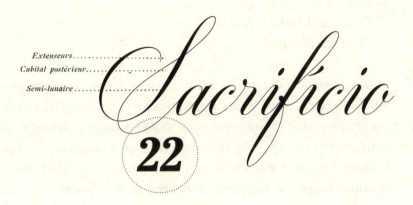

# Sacrifício
## 22

Do balcão de pedidos, assisto aos movimentos do homem. Braço firme, golpes rápidos, mecânicos, ritmados. Assisto passiva ao enérgico espetáculo de destroçamento da carne sobre a bancada de pedra.

O homem não é grande, nem forte, não possui a fisionomia impositiva que se espera de açougueiros. Tem porte médio, braços curtos, mãos pequenas. O cutelo sim, é marcante. Nada mais impositivo que o brilho de uma lâmina afiada. Como um prolongamento da mão do homem, o cutelo fatia com eficiência. Um descuido, um acidente. Vai-se um dedo, dois, três. Corta fundo, decepa a mão. Mas o homem não raciocina dessa forma. Não mais. Calculou os riscos quando assumiu o emprego, cercou-se de cuidados logo nos primeiros dias e, assim que o cérebro assimilou os movimentos, passou a fatiar as costelinhas de porco com o pensamento distante. A pia do banheiro que vaza, o horário alterado do metrô, o presente de aniversário para o pai ocupam sua cabeça enquanto o cutelo ocupa seu corpo. Um macaco bem treinado faria igual. Um ciborgue faria melhor. Uma máquina faria mais rápido.

É inevitável, de tanto olhar chego a torcer pelo descuido. Como se notasse o mau agouro, o homem levanta a cabeça. Fala alguma coisa e ninguém responde. De ambos os lados do balcão, todos falam e ninguém responde. Ele pega uma pinça de braços de madeira, bem longos. Apreende o pedaço de carne, cada vez menor. Abaixa a cabeça e volta a cortar.

O descuido não será hoje.

Pode ser amanhã.

Amanhã, talvez, ele venha cansado, sonolento, irritado após uma noite em claro, convencendo a esposa a não se suicidar. Talvez passe a noite procurando um lugar confortável no apartamento de aluguel mais barato porque não tinha sistema de aquecimento. Talvez se acomode no sofá da sala, espirrando e tremendo de frio, envolto em duas cobertas, buscando um sono de seis horas ininterruptas. E tenha que convencer a si mesmo a não se suicidar, não desistir do sonho infantil que ambos acalentavam quando decidiram viver nesta terra de oportunidades e cicatrizes.

O braço se retesa, o músculo marca o tecido do uniforme. Toda a revolta, todo o medo, a fome, a imundície, as condições inumanas de uma travessia, a fúria e a decepção descontadas em cima de um pedaço de costela de porco.

Olho de novo, olho mais fixo, olho sem pudores. Queria ser o homem, a determinação do homem, a resiliência do homem, a esperança guardada em algum compartimento secreto que nunca mais será acessado. Queria ter o cutelo, a arma que se impõe, a objetividade do corte, o fim. Mas também queria ser a carne despedaçada. Um negócio esquisito, tão distante do que eu era, tão perto do que sou. A espera salivante, a obrigação de sanar as fomes, o preenchimento.

O cozinheiro inicia uma conversa com a operadora de caixa. Pergunta sobre o próximo pedido. Das perguntas suspensas na névoa de gordura que toma o ambiente, essa é a primeira que merece resposta.

Eu a suponho, apenas. Não compreendo a língua, restrinjo-me à interpretação dos sinais.

O cliente ao lado rosna um agradecimento antes de partir. Mais uma tentativa de diálogo sem resposta. Encostado no fogão de azeite fervendo, o homem levanta a cabeça e sorri. Surpreendo-me, ele não se constitui só de braços tensos, há dentes naquela boca.

Como se lembrasse de outras obrigações, ele se move para trás, concentra-se nas frituras. Conto mais de oito cestas mergulhadas em óleo. Não pode passar do ponto, não pode cozinhar de menos. Sabor, rapidez no preparo, bom atendimento, preço justo. Um bom negócio não pode falhar, um bom negócio não pode falir, o cliente tem sempre razão.

Ele abre um forno acima do fogão e retira mais carne. Preparo-me para assistir às novas retaliações. Ele se demora um pouco, ouve outro recado da mulher do caixa. A hesitação me provoca grande ansiedade. Vai cortar, logo vai cortar. Imagino o porco vivo, a angustiante espera, a finalidade. Um sacrifício, todos buscamos o sacrifício.

Honrar o sacrifício, comer tudo, viver tudo. Não ouse fracassar. Jamais, em hipótese alguma, ouse ser infeliz. Iniciativa e coragem, força, otimismo, fé.

Um cliente apressado empurra a porta. Traz consigo o vento da rua, uma lufada que esvoaça papéis de pedidos e guardanapos das mesas. Solta a porta, que bate com força. Impõe-se entre mim e o balcão. Grita, tem pressa, reclama que fez o pedido há mais de meia hora. Não pode esperar, ninguém tem tempo de esperar. Soca o vidro, que trinca. O barulho assusta a todos, os do lado de cá e os do lado de lá do balcão. Aguardo a reação do homem, do cutelo como prolongamento da mão do homem. Aguardo um salto sobre o balcão, um ataque raivoso, golpes seguidos no peito, na barriga, polícia a caminho, o agudo da sirene anunciando que existe lei neste lugar. Aguardo os honrados homens da lei, cercando o local, apontando armas, colhendo depoimentos. Aguardo as testemunhas em choque, umas acusando o assassino, outras alegando legítima defesa. Aguardo uma reação desesperada, uma retaliação, um movimento para frear a invasão que nos ofende.

O homem me desaponta. Abaixa a cabeça, oprime os lábios, chupa-os contra os dentes. E volta a retalhar a costela do porco.

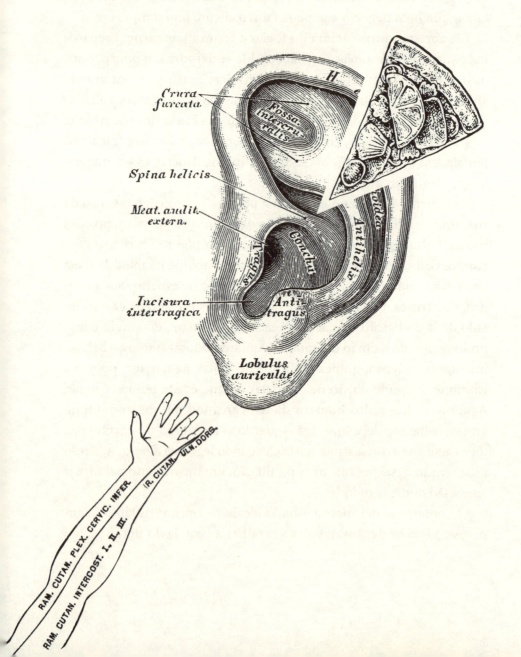

## 23 Lion

Uma hora, do nada, você passa a comer menos, beber menos, e assim seguem os dias, as semanas tão doídas que dificultam a percepção de que você encolheu um ou dois números e a calça, antes justa, precisa de um cinto com circunferência menor e isso te faz pensar em macacões e suspensórios e outros truques que a moda inventou para que as roupas não deslizem cintura abaixo, expondo seu traseiro. Mesmo com a aparência frágil e a insistência dos amigos para que você coma mais, um pouquinho, só um pouquinho mais gordura, mais carboidrato, mais carne neste prato, menina, a fome não retorna e o espelho do quarto mostra a imagem de uma figura que definha. Se você tem quarenta e cinco anos, isso pode acontecer por inúmeras causas: falta de dinheiro, contas atrasadas, a doença grave de algum familiar, o filho adolescente que começou a usar drogas, aquele sonho antigo que mais uma vez será adiado. Mas se você tem dezenove, o motivo só pode ser o amor.

Nadia pesava quarenta e cinco quilos no dia em que decidiu fugir com Gui. Estava cansada desta merda toda de obedecer a regras impostas por gente tão carcomida que não sabe mais o que é o amor. Gui concordava, embora não fosse tão idealista. Defendia que eles precisavam respeitar as regras antigas, mas nem tanto. Lamentava e repetia que nada, nenhum argumento faria com que os pais dela aceitassem o namoro. Desde o dia em que Nadia foi concebida, uma pequena marca se instalou em seu corpo, atrás da orelha esquerda. Um círculo vazado, de bordas pretas, a tatuagem delicada que determinaria o grupo seleto de pretendentes com quem ela deveria se relacionar quando chegasse à adolescência.

É mais seguro, o médico alertou. E era. Tanto que foi transformado num projeto de lei que entrou em vigor no início de 2058. Apelidados de bebês grife, indivíduos gerados em clínicas de fertilização *in vitro* tinham menor predisposição a contrair doenças. As linhagens mais modernas foram entregues aos felizes papais e mamães com o organismo geneticamente pronto para metabolizar e excretar os agrotóxicos (mais necessários do que nunca) utilizados para combater as pragas da agricultura tecnológica. E é claro que a indústria alimentícia e os descolados publicitários, sempre na vanguarda da monetização dos costumes, já haviam criado e propagandeado opções de delícias indicadas para indivíduos naturais e indivíduos grife.

A solução para manter a humanidade sobrevivendo era quase perfeita. Quase, porque após décadas de testes, cientistas observaram uma condição pitoresca: durante a manipulação genética dos embriões, um pequeno defeito evolutivo produzia uma secreção amorfa expelida pelo ouvido externo. Os médicos achavam que a falha resultava da falta de união de algum tecido do cérebro, porém sem graves consequências. A secreção iniciava entre os treze e os vinte anos, após o fim do crescimento ósseo. A de Nadia ainda não tinha se manifestado, talvez por isso ela experimentasse tanta coragem em propor a fuga.

Gui era um indivíduo natural. Se decidissem ficar juntos não poderiam ter filhos. A ciência ainda não conseguia prever que tipo de criatura nasceria da união de um ser natural e um ser grife. Não havia interesse nesse tipo de pesquisa. De repente a afirmação que seres naturais não teriam condições de sobreviver, nem mesmo num futuro próximo, tornou-se um mantra entre a comunidade científica. A extinção dos seres naturais era questão de tempo.

A família de Gui, por outro lado, pouco ligava para suas relações. Ele estava na idade das escolhas e as regras jamais freariam os ímpetos de um garoto apaixonado. Essa tal lei era só mais uma idiotice, uma conspiração para gerar pânico e dividir opiniões, um meio para as clínicas de fertilização lucrarem prometendo indivíduos mais fortes, mais saudáveis, mais aptos para viver num mundo cada vez menos habitável.

Mas a família de Nadia não pensava assim, e quando ela atingiu a idade em que a maioria das garotas começa a se interessar por namoro, seus pais decidiram apresentá-la aos grupos que organizavam reuniões e passeios com os jovens grife. No início ela até se interessou por Geraldo Neto, um garoto dois anos mais velho, que apareceu com um peixinho vermelho dentro de um saco plástico.

É para você, mas já escolhi o nome: Lion.

Não houve discussão, Lion era o nome perfeito, vermelho e bravo, como os leões que, até um passado recente, habitavam as grandes planícies da África, ainda que viver em um cubo cheio de água não exigisse muita bravura de Lion. O bichinho passava a maior parte do tempo parado bem no centro do aquário, esticando e encolhendo as nadadeiras, e essa postura fazia com que Nadia pensasse mais numa planta aquática do que no grande felino das savanas. Com a desculpa de ver Lion, Geraldo Neto aparecia dia sim dia não. Nadia e Geraldo gostavam da companhia um do outro, divertiam-se com brincadeiras que só participantes de um grupo muito específico entenderiam:

Passei oito anos congelada. Óbvio que sou mais velha que você, ela provocava.

Que tal uma bebida? Só se for nitrogênio líquido, ele respondia de pronto

Apesar da sintonia, nunca chegaram a se apaixonar, o que levou Nadia a concluir que a insensibilidade estava incluída no pacote filha única muito desejada, bebê de proveta da clínica mais cara da cidade.

E é claro que Nadia estava errada, porque numa noite chuvosa, Gui, o entregador de pizza, apareceu para bagunçar suas certezas. Uma garota superprotegida como ela, com o defeito genético que carregava, podia pensar que o coração acelerado provocaria um sangramento fatal no cérebro. Chegou a cogitar a hipótese. Mas sentiu as mesmas palpitações nos dias seguintes, quando descobriu o endereço da pizzaria e passou a observá-lo de longe.

Na tarde em que foi flagrada, Gui não esperou muito: puxou-a para perto de si e a beijou. Ao chegar em casa, inebriada pelas reações físicas da nova emoção que experimentara, Nadia notou que Lion nadava com dificuldade. Debatia-se, forçava as nadadeiras para descer até o fundo do aquário e acabava atraído de volta para a superfície. A barriguinha parecia cheia de gases. Nadia achou que fosse intolerância à nova ração. Colocou um alarme no celular, na manhã seguinte compraria outra marca.

Outras marcas de ração não melhoraram a condição gasosa da barriga de Lion.

É uma doença comum nos kinguios, o rapazinho da décima loja agropecuária consultada afirmou. Explicou que o kinguio não existia mais na natureza, só em cativeiro. Que os cruzamentos genéticos causavam o problema, os órgãos internos cresciam demais, a ponto de pressionarem-se uns contra os outros. A bexiga natatória se enchia de ar e, não raro, o peixinho ficava boiando, de cabeça para baixo, como morto.

Ele vai morrer?, Nadia perguntou.

Devagarinho, vai.

Nadia desesperou-se, notou que quanto mais se aproximava de Gui, mais precária ficava a saúde do Lion. Óbvio que uma coisa nada tinha a ver com a outra, mesmo assim ela intuía que a iminência da morte de Lion era uma espécie de prévia para o sofrimento que sentiria quando tivesse que deixar Gui. Foi então que decidiu enfrentar os pais.

À primeira vista, o posto da fronteira lembrava um escritório antigo, do tempo em que ainda se usava papel. A construção de aberturas azuis e telhas de amianto mostrava-se como um lugar pacífico, embora nenhum lugar seja pacífico para fugitivos. Conforme o carro se aproximou da aduana, Nadia reparou certa hostilidade nos guardas carrancudos, empunhando armas engatilhadas, prontos a cutucar as costas de um imigrante mais lerdo. Dentre as dez opções de países fronteiriços, o jovem casal escolhera a Venezuela. Souberam que o país agora prosperava. Reerguia-se após uma guerra civil polarizada que quase o destruiu e recebia muito bem os sul-americanos que desejassem iniciar a vida. Dentro do carro alugado em Pacaraima, as mãos de Gui transpiravam, escorregavam do volante enquanto ele tentava manter a papelada em ordem. No banco do carona, Nadia também tremia. Evitava trocar olhares com os guardas que rodeavam o carro e conferiam o número da placa. Passaram pela vistoria, conseguiram o carimbo de ingresso e um sorriso de boas-vindas. Aliviados, dirigiram por mais três horas e alugaram um quarto de hotel. Quando Nadia fechou o chuveiro, notou que a toalha não secava o excesso de umidade que se formou atrás da orelha esquerda. E a cerca de três mil quilômetros ao sul, Lion preparava as nadadeiras para mais uma luta contra a flutuação.

# Barganha 24

Amontoado em cima do sofá, com metade das pernas coberta por uma manta, Gérman Barrios espiava o envelope branco abandonado sobre a mesa. Não a mesa grande, de refeições, a mesa de apoio, onde se acostumara a deixar todos os papéis importantes, correspondências, lembretes, contas a pagar. Olhava para o envelope e olhava para o relógio, acima e à esquerda. Depois, os olhos faziam o caminho contrário.

Quanto faltava para o jogo? Anoitecia e os últimos raios de sol iluminavam o móvel de madeira com longos pés trabalhados e três gavetas pintadas de vermelho. Iluminavam, mais especificamente, o envelope. Seria um sinal?

O entregador do laboratório, um garoto de não mais que dezoito anos, que vestia calça rasgada, boné e mascava um chiclete de boca aberta, estalando a língua, trouxera a sentença no início da tarde. Jovem, displicente, fez Gérman lembrar de quando a vida era uma passagem de trem para um lugar muito melhor que aqui. Recebeu-o tentando disfarçar a ansiedade, agradecendo a eficiência na entrega balançando a cabeça diversas vezes. Sim, sim, sim. Correu até a carteira e contou as notas mais baixas. Alcançou a ele uma gorjeta. Bom garoto! O entregador sorriu de volta. Não lançou aquele olhar condescendente que os jovens lançam para pessoas que logo vão morrer. Uma simples percepção que alegrou Gérman de imediato. Talvez ele soubesse, talvez alguém do laboratório houvesse comentado, olha que sorte, o exame deste cara deu bom. Mesmo assim Gérman Barrios jogou o papel sobre a mesa dos documentos importantes e passou a encará-lo de longe, como uma presa arredia que mede o perigo que o predador representa. Evitava rasgar o envelope, queria mais fatores, mais indicativos que o encorajassem.

Aguardaria o resultado do jogo.

Messi jogaria. Não importava a dor lancinante que o rasgava por dentro na altura das costelas cada vez que respirava fundo. Nem o inchaço prolongado na região da axila, a mudança do paladar, a perda de peso e todos os outros fatores que o médico disse que levavam a crer que. Nada disso importava porque logo mais Messi entraria em campo e, mesmo que ele jamais tivesse levantado a taça vestindo a pesada farda da seleção argentina, mesmo assim ele era o melhor do mundo, e isso era o bastante para acreditar. A classificação era fato provável e a aposta bem simples: se a Argentina se classificasse, Gérman ficaria bem.

Barganha, a terceira fase do luto. A mais longa, aberta a múltiplas negociações. Quem sabe promessas mais contundentes, fazer as pazes com o irmão do meio, quem sabe telefonar para a filha que foi embora para Madri, levar flores no túmulo da mulher, adotar um cão de rua, ajudar uma instituição que acolha menores, depositar dinheiro para ONGs de refugiados da Síria, o que mais poderia oferecer a Deus em troca de uma chance? Se pudesse voltar no tempo, mas que bobagem, não pode, o negócio é presente, agora, então é reiniciar, fazer tudo diferente, por favor, Deus, por favor, se eu tiver essa chance prometo que não vou decepcionar.

Trocou de canal. Ouviu comentaristas, uns animados, outros nem tanto. Uma aposta a favor da classificação da Argentina era mais do que justo. A seleção não vinha muito bem, seis vitórias, sete empates e quatro derrotas. Precisava da vitória em cima do Equador, caso contrário estaria fora da Copa. Ninguém acreditaria na Argentina fora da Copa, nem pensar, logo a Argentina? Assim como não acreditariam em Gérman Barrios doente. Como assim, Gérman, diriam os colegas do escritório, você se exercita, parou de fumar, come verduras, não exagera na bebida. Não acredito, não acredito, diriam. Claudete de Brasil, a namorada, choraria. Socaria seu peito, diria que história é essa, seu mentiroso filho da puta? Levaria Gérman em outros médicos, curandeiros, religiosos, buscaria tudo quanto é maneira de tratar a maldita doença. Claudete de Brasil sofreria demais, e ela não merecia passar por isso.

E havia mais possibilidades. O médico, também, poderia se enganar. Não se fazem mais médicos como antigamente, os de hoje só pensam em lucrar, mandam fazer exames, enchem os bolsos, arranjam novas especializações. O laboratório poderia errar. Tanta coisa acontece depois que se coleta o sangue. Amostras são colocadas em conservantes errados, se misturam com amostras de outros pacientes, ficam acondicionadas em temperaturas tão altas que alteram até a cor. E se trocarem a etiqueta de identificação? E os entregadores? Saem por aí, em alta velocidade, esbarram em ônibus, pessoas, outras motos, o caixote balançando na mala. Não há cuidado algum. Se o exame estiver alterado, Gérman decidirá o que fazer, outros médicos, outros laboratórios, outras mentes pensantes. Para isso, ele precisa abrir o envelope, encarar a situação. Mas não agora, primeiro o jogo. A partida dirá se ele está doente ou não. A Argentina precisa ir bem, um gol classifica, dois gols, muita comemoração, se for goleada ele abre o envelope antes do fim do jogo.

As últimas luzes do dia se foram, Gérman Barrios acendeu a lâmpada lateral do sofá. Não queria a casa muito iluminada, não queria parecer alegre demais, entusiasmado demais. Respirou com calma, havia muita esperança em Messi, mas precisava segurar a ansiedade, aposta era aposta, não podia abrir o envelope antes do horário, mesmo que se sentisse o mais sadio dos homens.

Não sentia nada, fazia três dias que não sentia nada, em frente ao espelho quase nem notava mais o inchaço. Só doía se apertasse com um pouco de força. Tinha outras condições que causavam inchaço, podia ser uma inflamação, quando era mais novo vivia com inflamações, garganta, bronquite, dor de ouvido. Qualquer inflamação, qualquer bactéria atinge fácil a área da axila. Gânglios são os filtros de tudo o que é ruim, o médico explicou. As dores também acalmaram, doía um pouco, só um pouco, já foi pior. O paladar estranho poderia ser coisa da idade, a gente muda muito, por que o paladar não pode mudar? E a perda de peso tinha tudo a ver com a mudança de paladar, se ele não sentia mais prazer em comer um belo *chorizo*, por que comeria? Era a explicação mais simples para a perda de peso.

Não é doença, não pode ser doença, Gérman Barrios repetia enquanto olhava para o envelope. Se estivesse doente, cairia de cama, desde pequeno foi sempre muito fraco, a mãe dizia. Qualquer resfriado o derrubava. Agora não, se sentia forte, animado, pensava em correr pela manhã. Amanhã cedo, após uma noite redentora com a boa notícia do envelope sobre a mesa de apoio dos documentos importantes.

Quem sabe uma bebida para acompanhar o jogo? Em dez minutos a seleção Argentina entraria em campo, uma bebida o faria relaxar um pouco. A testa transpirava, a ansiedade aumentava, mas agora a angústia era pela classificação. Tinha certeza.

Buscou o tinto, *malbec* de Mendoza, safra 2015, queria comemorar sua saúde logo mais, quando abrisse o envelope. Serviu dose generosa na taça de cristal. O primeiro gole causou náusea. Náusea? Ele não costumava repugnar com vinho. Fez errado, não esperou, não deixou o vinho respirar, afobou-se, serviu e bebeu, como um brasileiro inexperiente. Ou, vai ver, a safra não era boa, a garrafa foi mal armazenada, tinha alguma coisa estranha com aquele vinho. A empregada lavou mal as taças, ela costumava usar muito sabão. Muito sabão e não enxaguou o suficiente. O sabão causa náusea, é isso.

Largou a taça, cinco minutos para o jogo iniciar. Messi em campo, a seleção entrou com a camisa listrada, ele gostava daquela camisa, era a que mais gostava. Daria sorte, com certeza daria sorte. Um minuto, melhor mudar de canal, tinha que assistir na emissora que sempre assistia, com o narrador que gostava, tudo para dar sorte à seleção. E a camisa? Correu para o quarto, vestiu a camisa que usava em muitas copas, desde 2004. O pano sobrava no corpo magro da Gérman, mas tentou não ligar para o detalhe. Ao retornar para o sofá, a decepção: gol do Equador. Um minuto e o primeiro gol do adversário. Pronto, agora tudo estava perdido. Ele sabia, sabia muito bem que só estava se enganando. Estava doente, muito doente, talvez nem durasse até o fim do ano. Prometo uma ceia de fim de ano para os mendigos da praça central. Melhor, prometo ajudar na associação que serve sopa para moradores de rua. Alguém disse que os encontros eram quinzenais, posso ir. Vou sim. E agora, Deus? O que o Senhor me diz? Não, não é esforço algum, não estava propondo sacrifício, só queria uma negociação de nível.

Argentina em campo, nervosa, errando, errando sem parar. Uma desgraça de atuação, parecia de propósito, castigo, a doença maldita se esfregando na cara de Gérman. Vou morrer, vou morrer. E o envelope sobre a mesa, debochando de sua condição. Queimaria o papel, assim que achasse um isqueiro o queimaria. Não precisava mais daquela sentença injusta. De repente, da tela, um chamado de Di Maria: o jogo, atenção o jogo. Lançou para Messi, que fez o primeiro.

Gooooooool! Gérman soltou todo o ar confinado em seus pulmões. Respira, respira, é só o início. Um a um é empate, segura a ansiedade, nada a comemorar por enquanto. E teve mais, aos dezenove minutos Messi recebeu a bola e marcou o segundo. Gérman gritou outra vez. Pulou, festejou, sapateou. Se tivesse um apito agora, ninguém teria sossego na vizinhança. Argentina na frente, vai conseguir, eu sei que vai. Deixou a discrição de lado, passou a torcer como um fanático.

Messi, Messi, ele gritava, Messi *te quiero*, Messi, Messi matador.

Exausto, no intervalo sentiu uma injeção de coragem. Chegou bem perto da mesinha, ergueu o envelope e o olhou contra a luz. O que dizia ali, quem sabe alguma pista. Largou-o. Não podia, tinha que respeitar a aposta, caso contrário podia dar tudo errado. Largou o envelope no mesmo lugar, mesma posição. Quem sabe se mudasse a posição o jogo viraria. Melhor não mexer. No segundo tempo, Messi marcou pela terceira vez. Gérman foi ao delírio. Gritava, pulava, mandou mensagens de amor para Claudete de Brasil.

Salvo, estava salvo.

O jogo terminou, não foi goleada, mas Gérman Barrios se sentia confiante como nunca. Abriu bem a janela, as ruas pulsavam, tomadas de pessoas comemorando. Dançavam, bebiam, riam alto. Pessoas que soltavam o grito, aliviadas.

Messi, Messi salvador. Abriu bem a janela e gritou, gritou tudo e mais um pouco. Gritou até a voz falhar. Olhou-se no espelho, a magreza parecia menos agressiva. Vestiu uma camiseta mais justa, azul e branca, e saiu.

O envelope permaneceu intacto sobre a mesa de apoio.

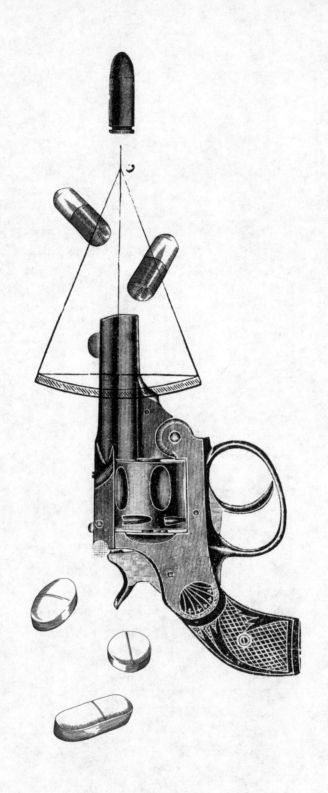

# A torre
## 25

Meus pais tinham passado a juventude inteira vendo filmes com assassinos em série. Tanto que decidiram nunca, nunquinha, jamais me deixariam participar de uma colônia de férias. Para piorar a situação, ouviram no rádio (ou na televisão) a notícia da menina desaparecida. Havia um suspeito? O repórter disse que um homem misterioso rondava a escola. Os entrevistados diziam muitas coisas, ninguém tinha certeza de nada.

Eu e minha turma não dávamos a mínima para o perigo, só queríamos ter liberdade. E a liberdade, naquelas férias, era um ingresso para o acampamento de verão.

Precisávamos de um plano.

Urgente.

A Maria Luiza tá que só chora, eu disse antes de sentar para o almoço. Tá deprimida, o pai dela se mandou.

Não era uma mentira completa, o pai da Maria Luiza realmente tinha fugido, e com uma mulher bonitona, a balconista da farmácia. De que eles iam viver, a gente não fazia a menor ideia, mas eu pensava que balconistas conseguiam trabalho fácil. O pai da Maria Luiza é que talvez não conseguisse, ele vivia trocando de serviço. Tinha trabalhado de encanador, de mecânico, de porteiro do cinema.

A Maria Luiza achava que o romance do pai com a balconista tinha iniciado no cinema. Passou a odiá-la quando descobriu que ela frequentava a sessão das oito todas as terças-feiras. Era a noite dos filmes adultos, de sexo ou de violência. Ou dos dois. Minha amiga tinha horror desses filmes, eu não. Tinha medo e curiosidade, só de passar pelo cartaz sentia uma coceirinha por dentro.

Meu pai fez cara feia, a mãe telefonou para a casa da Maria Luiza e se revoltou ainda mais. Balançava a cabeça, coitada da minha amiga. Depois veio até meu pai e deu um empurrão no peito dele: inventa de me aprontar uma dessas.

Claro que a mãe não deixou assim, tão fácil. Antes eu tive que explicar que ia um monte de adolescentes, que a escola tinha disponibilizado doze monitores, seis garotos para cuidar dos meninos e seis garotas para cuidar das meninas, que os alojamentos masculino e feminino eram distantes um do outro, que a professora Silvana, a mais chatonilda da escola, era a soberana do acampamento e todos lhe deviam obediência. Ela ficaria numa torre espiando a movimentação, e se visse algum monitor aprontando, soaria um alarme tão alto que a cidade inteira escutaria. Essa parte da torre eu menti, óbvio. Não sei se a professora Silvana conseguiria escalar uma torre. Ela tem pernas grossas e uma bunda enorme, mas da cintura para cima é bem diferente, como se fosse uma pessoa com dois corpos emendados. O resto era verdade, a professora Silvana não descansava nunca, vivia com o olho espichado para os alunos, os funcionários e os outros professores. Conhecida como delatora, a fofoqueira número um da escola, poucos iam com a cara dela. Também disse que a professora tinha um porrete e uma arma, uma pistola automática. Essa parte, da pistola automática, tive que buscar lá no fundo das memórias sobre filmes de espiões americanos, e acho que minha mãe não acreditou muito porque notei um risinho desconfiado.

Sei não, sei não, a mãe fez com que meu pai nos levasse, desceu, examinou todos os alojamentos.

Não é tão longe como você disse, me colocou contra a parede.

Pensei que ela ia jogar minha mochila de volta para dentro do carro e me pegar pela orelha. Mas não, ela abriu um sorriso, me beijou no rosto e disse: se comporta. Você conseguiu a liberdade, não faça com que eu me arrependa disso.

Eu estava quase chorando, quase me arrependendo de ter insistido, quando a gente conquista algo que quer muito, acaba pensando, será mesmo que eu merecia? Consegui conter minha emoção conflituosa e respondi, são só dois dias, mãe. Dois dias e estou de volta.

Espero que sim, ela respondeu, me abraçou e repetiu todas as regras que me obrigou a decorar: não andar sozinha, ficar o tempo todo perto de uma monitora, não arrumar briga, não ceder à pressão caso o grupo inventasse brincadeiras violentas, e nunca, em hipótese alguma, sair do alojamento depois do anoitecer.

Mal o carro dobrou na estrada, dei um grito, aquele, o de liberdade. Sentia como se o mundo inteirinho fosse meu. Eu era o centro e podia tudo. Agarrei a mão de Maria Luiza e disse: vamos.

Vamos aonde?, ela perguntou.

Sei lá, vamos por tudo.

Durante o dia, percebi que os piores temores de minha mãe estavam corretos: a vigilância era bem relapsa. A professora Silvana nem parecia a mesma. Passava trancada na torre (que não passava de uma pecinha construída em cima do refeitório) e uns garotos juravam que a viram carregando três fardinhos de cerveja para lá. As monitoras riam das nossas ideias de brincadeiras, desapareciam, voltavam horas depois. Passamos o dia gozando da sonhada liberdade, mergulhamos no açude até que nossos dedos ficassem murchos e tremêssemos de frio. Saímos da água pulando para nos esquentar, corremos até o alojamento e ainda levamos bronca porque molhamos o piso. De volta ao galpão que acomodava o refeitório, devoramos dois pratões de arroz com galinha que a merendeira da escola cozinhou. De sobremesa tinha sorvete. Embaixo dos potes havia gelo e embaixo do gelo flagramos mais cerveja e uma garrafa de vodca. Maria Luiza me olhou com aquela cara de pavor e chegou a perguntar se não era melhor telefonarmos para minha mãe. Podíamos mentir que a comida fez mal, que deu dor de barriga, ou dizer a verdade, que estávamos com medo. Fui rápida em afastar essa ideia da cabeça dela. Nada ia acontecer, as janelas do alojamento tinham grades, as portas eram de madeira maciça e havia uma tranca com cadeado.

Antes de nos recolhermos (ainda era dia), despistei a monitora e voltei ao açude. Eu queria explorar uma parte escondida, rasinha, que parecia uma praia particular. Tirei os tênis, molhei os pés, me distraí ouvindo os barulhos dos bichinhos na água. Quando levantei os olhos em direção à margem oposta, vi dois adultos discutindo. Estavam a ponto de se agredir, então baixei a cabeça e saí do campo de visão deles.

Onde é que você se meteu?, Maria Luiza tinha as mãos frias. Inventei que procurava umas pedrinhas na beira do açude, ela se emburrou. Não queria dormir ali, assustou-se durante minha ausência. Alguma coisa ruim aconteceria, tinha certeza.

Não seja boba, eu a convenci de que não sairia mais do lado dela. Combinamos que atazanaríamos a vida das monitoras, obrigando-as a passarem a noite nos contando histórias. Ficaríamos acordadas e faríamos um escândalo se nos deixassem sozinhas. Assim que todas as meninas estavam acomodadas, fechei os olhos.

Hei, Maria Luiza me sacudiu e eu pedi um tempo. Só um tempinho para descansar.

Acordei com um safanão no meu ombro:

Tem um barulho lá fora, os olhos da Maria Luiza saltavam do rosto.

Dorme, não deve ser nada, eu virei para o lado. Ela insistiu, cravou as unhas no meu braço. Eram duas da madrugada, o alojamento inteiro repousava. Algumas garotas emitiam barulhinhos de respiração pesada, outras roncavam. No escuro, eu não encontrava a mochila. Ela me repreendeu:

Vamos logo, acho que vi meu pai.

A palavra pai me pôs em alerta. Tentando controlá-la, saí de camisola. Ela alternava caras de pavor, de choro e de raiva. Abrimos uma fresta na porta, o mínimo para que nossos corpos deslizassem para fora. Saímos pé por pé, buscando nos ocultar por trás de arvorezinhas, carros estacionados, dois caixotes de madeira e um tonel de lixo. Seguimos os barulhos e avistamos luz na torre que não era torre. Seguimos adiante até uma trilha no meio da mata. Maria Luiza estava certa, era seu pai. Ele e a balconista se pegavam numa casinha que nem sabíamos que existia. À luz de velas, assistimos a tudo: ele tirando a blusa dela, abrindo a braguilha da calça, ela dizendo umas coisas que a gente não entendia. Eu tentei disfarçar as sensações estranhas que senti, tentava praguejar, não olhar mais. Era impossível. Vimos frascos de remédio e algodão, uma chave de carro, malas vazias e, numa mesinha de canto, vimos a tal pistola automática. Maria Luiza quis bater no vidro, xingá-los, mas eu a segurei, convenci-a de que era melhor não fazer escândalo. Ela me abraçou, chorou um pouco e, assim que soltou um soluço mais alto, percebemos alguém às nossas costas. Era a professora Silvana. Tinha um cheiro forte de álcool, algo que não exalava apenas pelo bafo, mas também pelos poros.

É tudo uma grande merda, ela repetiu umas quatro vezes. Depois se escorou contra a parede da casinha e começou a rir. Riu tanto, se babando toda. Não falamos nada, só esperamos que ela se acalmasse ou que caísse no sono. Acomodamos sua cabeça nuns tecidos que encontramos atirados no barro e corremos de volta para o alojamento. A todo momento eu olhava para trás com medo de que o pai da Maria Luiza nos perseguisse.

Nos enfiamos embaixo das cobertas e permanecemos caladas até que os galos anunciassem cinco e meia da manhã. Tremíamos tanto que não foi difícil convencer as monitoras de que ardíamos em febre. Tentaram chamar a professora Silvana para deliberar sobre o assunto, mas ela não foi localizada. Minha mãe chegou com o carro derrapando na estrada de chão, se atirou para fora, agia como se me resgatasse de uma tragédia. Filha, filha, diz pra mim que tá tudo bem. Examinava meu rosto, as orelhas, o pescoço, eu mal me mexia.

Depois do acampamento, não tiramos o nariz para fora. Só brinquei com Maria Luiza no pátio de casa. Trocávamos olhares demorados, achávamos que se não tocássemos no assunto tudo desapareceria.

E desapareceu. Em março, fiz treze anos, meu pai mudou de emprego e eu de escola. Enchemos o carro com tudo o que coube no porta-malas. No caminho para a nova casa, passamos perto da porteira do acampamento. Virei-me para espiar pelo vidro traseiro do carro, queria que a última olhada fosse de uma perspectiva ampla.

Era um dia seco, o sol queimava o pó que recobria a estrada. Os pneus do carro levantavam uma poeira avermelhada que impedia a visão.

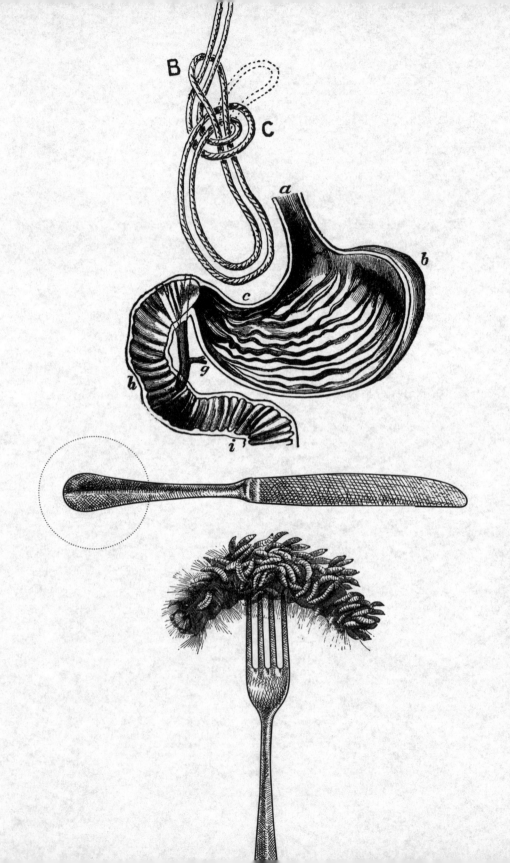

# 26 Carne Dura

Vai piorar, eles disseram.

Vai piorar muito, enfatizaram.

E Selma pensou que era hora de fazer sua parte. No supermercado, abasteceu a sacola ecológica com dois sacos de arroz e dois de feijão, não muito, não queria passar a impressão de exagero, nem deixar transparecer uma angústia crescente que a assaltava a todo o momento.

Grãos, macarrão, enlatados, alimentos não perecíveis para a época em que tudo ficará muito ruim. Porque vai ficar, eles repetiam. A segunda sacola encheu bem rápido. Selma conseguiu socar, por cima de tudo, legumes e verduras. A ilha de vegetais ainda pulsava saúde. Em casa, lavou tudo, com água abundante e detergente, dispôs as compras no sol da sacada. Secou o que era perecível e armazenou em potes, dentro da geladeira. Bem cuidados durariam até quinze dias. Mas em quinze dias, diziam eles, nada estaria melhor. Dali para a frente a situação só pioraria.

Então Selma passou os quinze dias seguintes consumindo tudo o que comprara. Das cenouras e beterrabas, devorou até as folhinhas verdes. Comeu as verduras queimadas pelo frio da geladeira e as apodrecidas, em contato com a água que se acumulava no fundo da tupperware. Nada de desperdiçar. Estendeu o hábito para as embalagens: lambia as tampas dos potes e depois os cortava, rasgava, despedaçava, para não perder uma gota do molho de tomate ou do leite acumulado na dobra da caixinha.

Selma foi uma criança pobre, mas nunca chegou ao extremo de passar fome. Mesmo assim, cresceu traumatizada pelas ameaças da mãe: tanta criança sem ter o que comer e você aí esnobando. Coagida, Selma comia. Comia e pensava no Mickey dividindo um grão de feijão em três partes. A miséria vinha na companhia da solidariedade: Mickey cortava uma mixaria de pão, fraquinho, com as fatias transparentes. Uma fatia para ele, uma para o Donald e uma para o Pateta. Em algum momento, a fome esculhambava com a paciência de Donald e ele saía, descabelado e louco, empunhando uma faca escondida nas costas, para matar a única vaquinha que lhes fornecia leite.

Eles disseram que a vida, agora, seria assim, e quem quisesse sobreviver, teria de se adaptar.

Passou a comer os molhos azedos, de seis ou sete dias atrás. Temperava bem e mandava ver. Quando a crise batesse forte o estômago estaria habituado e ela sofreria menos. O gás de cozinha passou a engordar a lista das preocupações. Poderia ter as entregas suspensas ou o preço elevado às alturas. Precavida, Selma passou a cozinhar tudo de uma vez, em panelas enormes. Dividia a comida em porções e deixava na geladeira com uma etiqueta para cada dia da semana. Cozinhou para um mês.

Quando o estoque terminou, eles disseram que as coisas estavam longe de ficar bem. Foi até o supermercado, olhou os produtos e achou tudo muito caro. Já eram os efeitos da crise, Selma soube. Porque funciona assim, uma coisa influencia a outra, sempre resultando no fim mais trágico. Levou apenas uma sacola, pela metade, com mais grãos.

No caminho para casa, foi atraída pela cesta de lixo do supermercado mais bacana do bairro. Havia comida, certeza que sim. Encontrou alguns restos bem embalados e até mornos. Abriu, olhou, olhou, cheirou. Feio, mas parecia fresco. Enfiou o pote dentro da sacola.

Não teve coragem de abrir a embalagem em cima da mesa, nem na pia da cozinha. Levou o embrulho para o tanque. Após um tempo de observação, tomou coragem e abriu, não para comer, mas para acomodar a porção num prato limpo. Quem sabe com outra apresentação ficasse atrativo. Remexeu com o garfo, chegou a levá-lo em direção à boca, cheirou mais um pouco, espremeu os olhos como uma criança birrenta. A proximidade daquela porção de comida causou-lhe engulhos. Cuspiu-se toda, correu até a pia e enxaguou a boca. Chateou-se por não controlar o asco e não se deu por vencida. Enrolou tudo com um filme plástico e guardou na geladeira. Tentaria de novo. A fome, como eles afirmavam, era o melhor tempero.

Nos dias seguintes o apetite não retornou. Vá lá entender esse estômago cheio das vontades, resmungou um pouco antes de jogar a comida fora.

A geladeira cheirava mal.

Precisava tentar de novo com outro prato, feijão e arroz era uma mistura que ela nem apreciava tanto. Quem sabe na próxima ela teria mais sorte, talvez encontrasse panquecas, nhoque, coisas que enchiam sua boca de saliva quando era pequena. Acertou, o prato do dia era macarrão ao molho branco. Desta vez conseguiu deixá-lo em cima da mesa. Mas antes trocou a toalha. E passou um pano com álcool. Abriu a embalagem, a repugnância estava menos intensa. Tocou com um dedo: morno, mais para frio, a temperatura em que a boca rejeita qualquer alimento. Serviu duas porções, levou ao micro-ondas. Assim que o sinal apitou, Selma correu até o armário da despensa. Temperos melhorariam o sabor, ajudariam a engolir a comida. O molho não tinha um aspecto muito apetitoso, mas Selma despejou óleo, salpicou pimenta, orégano e um pouquinho a mais de sal. Sentou-se de frente para a parede, de costas para a cozinha. Não tentaria desviar o olhar do prato. Com a boca seca, cheirou. Não era tão ruim. Segurou o garfo com confiança e cravou numa massa. Mordeu a pontinha. Cuspiu de volta, correu até o banheiro com lágrimas nos olhos. A ânsia subia pela garganta e ela pôde sentir o cheiro do vômito.

Frustrada, sentou no chão da sala. Tinha de haver um jeito, quem sabe meditar um pouco, rezar, controlar a respiração, qualquer coisa que ajudasse. Assim que recuperou a tranquilidade, voltou a rondar o prato renegado. Mexeu na comida, tocou, mas não cogitou comer.

Na terceira tentativa conheceu Ramiro, um rapaz que de rapaz só mantinha a voz (todas as outras características eram de um centenário). Ele puxou a tampa do lixo e se jogou para dentro. Selma o espiou de cima.

Quer alguma coisa?, Ramiro perguntou enquanto abria todas as embalagens disponíveis. Pelo jeito, ele também queria ampla possibilidade de escolha. Optou por uma com lasanha e salada verde.

Me dá aquela, apontou Selma.

A embalagem tinha arroz, frango e batatas assadas. Selma adorava batatas, teve certeza de que conseguiria comer. Ainda mais depois de presenciar Ramiro, sentado na sombra do prédio, saboreando a sua marmita. Se ele conseguia, por que ela não?

Decidiu que comeria no jantar, com pouca iluminação e muito tempero. Preparou a mesa, esquentou o forno (ainda havia gás) e serviu. O barulho da gordura do couro do frango estalando era igual, igualzinho a um recém-cozido. O cheiro a invadiu e nada de abrir o apetite. Selma encheu a boca com bastante água antes da primeira garfada. Queria as mucosas bem úmidas para facilitar todo o processo. Bebeu mais um gole, bochechou com todos os cantos da boca e engoliu. Chegara a hora. Respirou fundo, cortou a batata e espetou um pedacinho da carne meio amarronzada da coxa do frango. Com os olhos espremidos, abocanhou tudo de uma vez. Não deixou a refeição passear pela boca, não mastigou. Engoliu quase que instantaneamente. Bebeu um copo cheio de água e respirou com rapidez, abanando-se. A primeira garfada fora consumida, agora necessitava treino e coragem para engolir o resto.

Um, dois, contou, abocanhou a segunda, um, dois, a terceira, um, dois, a quarta, com pausas regulares para respirar fundo e lavar bem a garganta. Comia, olhava, olhava e o que restava no prato sempre parecia muito. Até que desistiu. Mas alegrou-se, pelo menos a náusea não veio. Período de adaptação, como qualquer outro. Em poucos dias estaria habituada por completo.

Não se enganou, inspirada na voracidade de Ramiro, conseguiu comer tudo o que o supermercado desprezava. Fora um desarranjo intestinal persistente, não sentia desconforto algum.

Mil anos se passaram.

Uma tarde levou um copo e pediu um golinho da cachaça do novo amigo. Usando um papel pardo como toalha, brindaram em cima de uma mesinha com um dos pés quebrados. Selma pediu mais um gole e mais um. Ramiro perguntou de onde ela vinha, se tinha casa, família. Ela contou muitas coisas, mentiu outras e o acúmulo de informações originou uma montanha tão imponente que Ramiro se viu incentivado a contribuir.

Eu era normal, tive um acidente e fiquei paraplégico. Fui para o hospital, para muitos hospitais, nenhum médico deu esperanças. Fui para a igreja, o pastor prometeu a cura, igual Jesus, na Bíblia. Fez nada, só prometeu, contou, um pouco triste, enquanto remexia o barro da sarjeta com um pedaço de pau. Suas bochechas avermelharam quando ele lembrou que o pastor picareta ficou com dez por cento de suas economias. Depois da decepção com a igreja, ocorreu uma coisa muito, muito estranha. Eles entregaram um panfleto que falava de um hospital.

Eles quem?

Eles, não sei, disse. Um hospital de nome estranho, nunca ouvira falar, e não teria como lembrar. Apagou da memória. Tratamento para tudo, o panfleto dizia. Pegou o ônibus adaptado e desceu na frente, sem documento, sem nada. Mesmo assim foi aceito, seu caso era interessante. E ali, no hospital aconteceram as melhores e as piores coisas. O médico o operou, conseguiu unir sua espinha. Mas não voltou a caminhar de primeira, teve um período muito longo de fisioterapia. Demorou um tempão.

Que maravilha, Selma comemorou, embora nunca tivesse escutado história tão milagrosa. Pensava que quando a espinha rompia, rompia. Não tinha como ligar de novo.

Ele concordou, também pensava ser impossível, mas agora era a prova viva de que milagres aconteciam. Disse que as piores coisas, se ela quisesse saber, vinham agora, como consequência do milagre. Teve que ficar dois anos internado até se recuperar cem por cento. E, como não tinha plano de saúde, nem dinheiro para pagar o tratamento, teve que trabalhar no hospital, na cozinha. Foi ali que adquiriu a capacidade de comer qualquer coisa.

Comida de hospital já é ruim, daquele lugar esquisito, pior ainda. Era tudo velho, azedo, com gosto de passado, coisas vindas de doação. Gente que acha que faz muita caridade ao doar comida podre. Reconquistou sua liberdade quando terminou de pagar a dívida. Embarcou no mesmo ônibus, fez questão de ir em pé. Bateu na porta de casa, a esposa soltou um grito. Tinha mudado o cabelo, casado com outro homem, a filha estava moça, nem lembrava mais do pai. Não o queriam, nem com pernas, nem sem pernas.

Sem saber o que dizer, Selma propôs um brinde às pernas saudáveis de Ramiro.

Não, ele contestou, vamos brindar à inteligência do médico que uniu minha espinha.

Ou a eles, seja lá quem forem.

Sim, a eles.

Os copos de vidro se chocaram com força.

E ao meu novo estômago.

Brindaram de novo, adaptados aos tempos ruins.

Mas os tempos ruins chegavam para todos, eles diziam. Eram proféticos ao afirmar que os efeitos da crise, aos poucos, atingiriam os restaurantes e supermercados. E a profecia se concretizava, Selma e Ramiro não demoraram a perceber a lata do lixo cada vez mais vazia.

Estão cozinhando menos.

Vai ver a clientela encolheu.

A diversidade da comida também encolhera. E depois da redução das opções, veio a da qualidade. Selma e Ramiro não precisavam mais disputar pratos, sempre vinha a mesma coisa, frango ou porco, muito pouco, quase nada. Ocasionalmente carne de boi.

Na semana em que prometeram o auge da crise, Selma encontrou Ramiro comendo um pedaço de carne. Carne de boi, um bifinho fino e duro.

Tá uma sola de sapato. Quer?

Mastigou, era bem mais duro que esperava. Os dentes doeram, as fibras da carne cravaram no meio das gengivas. Selma mastigava, engolia e, com as unhas, tentava retirar os nacos que, de tão duros, empurravam os dentes, forçando uma abertura entre eles. Arrancou um pouco, o pedaço maior ficou ali, irritando. Achou, no meio do lixo, um palito usado. Espetou na carne, na gengiva, girou para todos os lados até arrancar a maior parte. Sangrou muito, horrores, mas saiu quase tudo. Só um pedacinho pequeno seguiu grudado, muito fundo, e caiu dias depois, provocando um cheiro tão insuportável que ela custou a acreditar que fermentara aquilo por tanto tempo dentro de sua própria boca.

Depois disso, Ramiro desapareceu. Embora Selma o procurasse por todos os cantos, junto às lixeiras de todos os restaurantes da cidade, nunca mais o viu. Cogitou uma recaída, de repente ele adoeceu, teve que ser internado. Mas não sabia o nome do hospital, do médico milagroso. Nem o nome completo de Ramiro ela sabia.

A carne que Selma comeu na semana seguinte não estava tão dura. Havia vermes e o trajeto deles amolecera um pouco as fibras. Era o seu momento mais esperado, o batismo, a verdadeira iniciação. Lamentou a ausência do amigo num momento tão decisivo. Deixaria de habitar o topo da cadeia, teria mais escolhas, outras possibilidades. Qualquer lugar seria o seu lugar, apta a se alimentar como homem ou larva.

Nem precisou controlar a náusea. Pelo menos está molinha, pensou.

Espantou alguns vermes, os mais visíveis, e comeu o resto, imitando os costumes que aprendera em seu longo tempo nas ruas.

No meio daquela noite, a primeira após o rito particular de iniciação, Selma acordou. Não havia o desconforto do desarranjo intestinal, nem o desespero de um pedaço de nervo preso, pressionando seus dentes. Mas havia, sim, alguma coisa. Algo diferente, que ela, desde o início da crise, quando eles disseram que tudo ia piorar, esperava, mas ainda não sentira. Um movimento estranho na barriga, como se os vermes da carne se agitassem dentro de seu estômago.

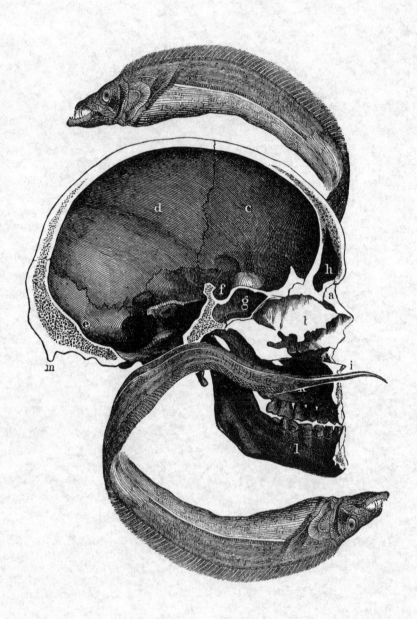

## 27 Cimento
### de secagem rápida

Nossa relação nunca foi das melhores, disse após remexer as brasas para aumentar a potência do fogo. As chamas se tornaram intensas, o calor atingiu meu rosto como um bofetão. Recuei dois passos.

Era bonita, a diaba. Ainda mais com a luz da fogueira. Bonita e irresponsável, um espelho meu, só que invertido. E eu a amava, o que tornava tudo ainda mais dramático. Um pavor tomou conta de mim, o pavor de viver condenada, para o resto de nossas vidas, àquela única companhia. Talvez algum terapeuta, especialista em comportamento humano, ou, nem tanto, alguém menos estudado, um coach talvez, especialista em rusgas bobas, competição, picuinhas idiotas, invejas e outros sentimentos mais baixos pudesse explicar esse mar de peixes medonhos que nossa relação sempre foi. Talvez, se ainda houvesse tempo. Ninguém quer um inimigo tão íntimo, menos ainda após o fim do mundo.

Vou buscar mais lenha.

Vou contigo.

Não, pelo amor de Deus, não, meu corpo inteiro gritava. Eu precisava de um tempo só, de privacidade para me revoltar, xingar, perder o controle, culpar o mundo ou o que restou dele.

Fica aí senão a fogueira apaga.

Ela voltou a sentar no chão. Não disse mais nada. Deve ter me olhado com raiva. Antes que eu mudasse de ideia ou me censurasse por recusar sua companhia (sei lá, vai que ela tivesse medo de ficar sozinha), procurei desaparecer de seu campo de visão.

Demorei o tempo que eu achava que devia demorar, vaguei por caminhos bem escuros, e acho que até fantasiei o ataque de um animal vindo das sombras. Um felino dos grandes saberia o local exato para cravar seus dentes. Eu teria alguns segundos para agradecer aos céus o modo criativo de me retirar daquela situação.

Quando voltei, ela cochilava. Tinha se apossado do melhor lugar, óbvio. Ocupava a parte mais plana do terreno, não tão próxima do fogo a ponto de cozinhar e nem tão distante a ponto de se resfriar. Seu corpo parecia relaxado, apesar da posição fetal. Limpei as folhas secas que se acumulavam do outro lado da fogueira, sentei-me. O terreno ali era ruim, pedregoso. Tive de me render ao segundo melhor lugar, quase colada ao corpo dela.

Deitei-me sem fazer barulho.

O sono demorou a chegar.

Nossa relação nunca foi das melhores, ela disse, já em pé, enquanto eu cobria os olhos com a mão numa luta para permanecer no pacífico mundo dos sonhos. Virei-me e dei de cara com o bico arredondado da bota. Todo o ar de insegurança que ela manteve na noite anterior havia desaparecido. Cheguei a imaginar um chute bem dado no meu nariz. Permaneci de olhos fechados, aguardando. Ela simplesmente se afastou.

Vou explorar o terreno. Tua vez de cuidar do fogo.

Compreendi, era sua vez de assumir o comando. Ok, eu não ia lutar. Não agora, não tão cedo.

Aham, fechei os olhos, ouvi seus passos se afastando.

Vê se não deixa a fogueira apagar, ela gritou de longe.

Não era exagero, nossa relação nunca foi das melhores. Eu sempre a quis longe, quanto mais longe melhor. Empilhei tantas justificativas para a nossa distância que acreditei e a fiz acreditar. Agora eu percebia que eu não era a única. Ela também me queria longe, embora não demonstrasse tão bem. Ela, pelo menos, tentava.

Abri os olhos e notei o sol alto. Cadê meu celular?, foi a primeira pergunta que me veio. Demoraria muito tempo para eu perder o hábito de consultá-lo. Olhei para o céu e concluí que estava perto do meio-dia. Meu estômago demonstrava os primeiros sinais de vazio. Levantei para caminhar um pouco.

Ela não voltou assustada e insegura, como eu pressentia. Eu contava com isso, mas o gosto de minha derrota veio quando percebi que o sol descia e nada dela retornar. Primeiro senti raiva, depois o ressentimento do abandono. Ela finalmente deixara de fingir. Assumiu que também me queria longe. Logo depois me veio a preocupação, a certeza de que ela, indefesa e sem noção de espaço, poderia ter se perdido. E se estivesse, mesmo, perdida? Eu teria que ir atrás, claro. Abandonar a fogueira e ir atrás. Era responsabilidade da irmã mais velha. Ainda que eu torcesse para que ela se perdesse de verdade, restava um sentimento muito maior: o compromisso. Eu tinha que ir. Se não a encontrasse, culparia as circunstâncias, não minha falta de empenho. A preocupação se desfez assim que outra possibilidade se apresentou: fuga. É isso, ela esperou a oportunidade e se mandou. Mandou-se porque não precisa desta desgraça de sentimento de compromisso. É livre, muito mais que eu. Ainda teve o cuidado de reforçar o detalhe da fogueira. Queria ir sem culpa. Vai ver não me queria morta, só em maus lençóis.

Era noite quando ela voltou. Trouxe marshmallows para assar na fogueira.

Foi o que achei, disse.

Deve enganar o estômago.

Não achei mais nada.

Nada?

Nada.

Improvisamos os espetos com galhos de árvores arrancados às pressas. Cozinhamos os marshmallows.

Tá doce demais.

Tá queimado.

A refeição me animou. Tudo ocorreu mais fácil, mais leve. Ou foi o estômago cheio que nos concedeu um pouco de humor.

Abocanhei o último pedaço de meu marshmallow. Era enjoativo de tão doce. De repente, notei algo que não havia percebido. Ela estava diferente. Era uma diferença sutil, quase imperceptível. Não era algo físico, era mais uma mudança de atitude. Aos poucos consegui identificar uma confiança reforçada. O ar inseguro desaparecera por completo. E eu, como espelho invertido, me tornei arredia e amedrontada.

Eu vi o monstro, ela disse.

Como assim, viu o monstro?, pensei. Que história é essa?, viu o monstro?, se escondeu do monstro?, enfrentou o monstro? Deve ter enfrentado, talvez vencido para estar tão segura de si.

E como ele é?, ousei perguntar.

É horrível.

Horrível?, é claro que o monstro é horrível, do contrário não teria arrasado tudo, a cidade inteira, talvez o país inteiro, talvez o mundo inteiro, mas um horrível que te deixou viver?, você o venceu?, descobriu o ponto fraco?

Horrível, ela repetiu quase com satisfação.

Olhou-me com um olhar que não lhe pertencia.

Eu a proíbo, entendeu?, proíbo de me olhar desse jeito. Este olhar pertence a mim, não a você. E esse monstro, isso não muda nada.

Amanhã é meu dia de sair, eu disse. Ela nem tentou protestar, só reforçou que eu precisava me proteger. E me olhou mais uma vez daquele jeito odioso. Dormiu logo após se deitar em seu lugar.

Decidi sair bem cedo, antes dela acordar. Carregava nos ombros a obrigação de conseguir comida e vencer o monstro. Se não vencesse eu deveria, pelo menos, enfrentá-lo, olhar a cara dele, medir o perigo que seu bafo quente anunciava.

Andei bastante, engoli meu respeito à propriedade alheia e revirei a casa. A despensa saqueada dava ideia de fuga. O mato se proliferava ainda tímido no jardim. Ninguém nos quartos, nenhum barulho, nada.

Voltei com dois pacotes de biscoito. Não estavam em seu melhor estado, mas alimentavam. Ela parecia hipnotizada pelo fogo, nem ergueu os olhos para perguntar:

E aí? Viu?

Só de longe, desconversei.

Não insistiu, deve ter notado minha mentira.

Olhei ao redor do acampamento, ela havia trabalhado. Organizou uma cama mais confortável, protegida do possível mau humor do tempo. Disse que achou a lona perto do rio, pelas cores típicas, azul e amarelo, devia pertencer a um bote furado.

Encontrei os pacotes embaixo de uma das camas da casa, eu disse após jogar um deles no colo dela.

Ainda não estão estragados, aprovou-os após cheirá-los.

Comemos. Tínhamos tanto a pensar, tanto a decidir e tão pouca familiaridade com o diálogo.

Você se lembra dos desenhos animados?, ela perguntou após um longo tempo. Quando o vilão quer construir alguma coisa muito rápido, tipo, a jato? Ou quando quer fazer uma armadilha para seu adversário?

O que tem?

Ele usa cimento de secagem rápida. No desenho é algo que se aplica e em dois segundos seca.

Lembro. Mas o que tem?

Nada. Me veio.

Um gole de vinho caía bem agora, eu disse só para preencher o silêncio.

Ajudaria a engolir essa massa seca.

Achei que ela procurava uma aproximação. Tinha a cara de choro, a sensação de insegurança havia voltado. Afastei-a de forma automática, ainda não estava pronta para frear esse mecanismo presente em mim há tanto tempo. Eu nunca estive preparada para receber aquele tipo de amor tão torto. E agora, depois do monstro, não queria mais oferecer proteção. Quis dizer que algumas pessoas nunca estão prontas para receber uma explosão de sentimentos, que era cruel exigir tanto esforço, que, no nosso caso, a forma de retribuir nunca era positiva ou benéfica. Eu me distraí pensando num discurso enorme, tantas coisas a serem ditas, limites a reforçar, que não percebi que ela se aproximou mais uma vez. Juntamos nossos corpos, o abraço durou exatamente dois segundos.

Depois disso, demos as costas uma para outra e caímos no sono.

# Terrário
## 28

*para Lélia Almeida*

Fui aceita no bando de Carlo. De saída me obrigaram a usar meias para simular o volume do pau e das bolas, também sugeriram faixas apertadas para esconder os peitos. Primeiro achei um horror, hoje até gosto. Faz com que me sinta mais parecida com eles.

Mulheres como eu não têm valor para o bando. Mulheres como eu são transferidas para o centro de detenção. Cozinhamos, costuramos, e é de lá, do centro de detenção, que enviamos o básico que mantém os homens em pé. Sovamos o pão, plantamos as ervas, enrolamos o fumo. Lavamos as roupas, refinamos o açúcar, fermentamos e destilamos a aguardente. Está claro que temos valor, só não temos valor reprodutivo. Mulheres como eu não procriam. Mas só descobrimos nossa função quando o verme penetra. E para o verme entrar, a cópula é necessária. Violenta, porque os homens do bando não se satisfazem com outro tipo de cópula.

Nascemos como cebolas, a cabeça afundada na terra. Plantada abaixo de sete palmos, no terrário, a cabeça dá origem ao prolongamento que dará origem ao corpo. Ele se alonga e se dobra. Dez anos se passam e então nossa área genital desabrocha. Rasga a terra, mostra-se inteira. Não há tempo para gozar da maturidade sexual, nem mesmo conseguimos perceber o espaço que nos rodeia, sentir o calor, o vento ou a chuva. Não há um segundo de paz. Assim que o terrário projeta nossas genitais para fora, elas são imediatamente preenchidas.

Os homens do bando não esperam.

Cópula é modo de dizer. O procedimento não é técnico, embora os homens gostem de repetir que é da natureza. Nada é natural, eles não agem como a abelha que poliniza uma flor. Não há nada de poético, não há delicadeza. Eles não copulam, eles fodem. É a característica dos homens do bando. O mesmo acontece quando fodem entre si. Sempre tem algo violento no ar, uma vibração, como uma locomotiva que passa gerando um turbilhão, sacudindo tudo ao redor.

Já me acostumei. Ainda tenho medo, embora menos que antes.


Aproximei-me de Carlo no período da sesta. O calor, aqui, fode com os miolos. O Carlo de miolo mole é outro, mais gentil. Ele mastigava o chiclete e sorria, mostrando a falta do dente lateral. De olhos baixos, me aproximei. Contei sobre minha boa pontaria.

E onde você treinou?

Lá no barranco. Atrás da detenção.

Quem autorizou um troço desses?

Treinei por conta própria.

Pensei que ele fosse me matar, estufei peito, pronta para o baque do tiro. Me enganei feio, Carlo girou a cadeira e sentou de frente para o encosto. Cuspiu o chiclete:

Vai, desembucha.

Eu disse que a arma estava na detenção, desmontada, ninguém sabia usar. Aprendi a olho, observando os homens de longe. Incrédulo, ele me desafiou. Seguimos até o campo de tiro, bem mais organizado que meu barranco com alvos de latão, e recebi a pistola carregada. Minha mão tremeu, depois a palma queimou em resposta ao toque. Por pouco não derrubei a arma no chão. Concentrei-me, até rezei um pouco. Posicionei meus pés em paralelo, apontei, descarreguei o tambor inteirinho no alvo. Carlo sorriu, eu havia comprovado minhas habilidades. Mesmo assim o bando me rejeitou. Chamaram Carlo no particular, "ela é mulher". De fora do pavilhão, eu espiava pela porta entreaberta. Ouvia os gritos, transpirava, meu queixo batia. Minutos se arrastaram, achei que uma briga ia estourar. Então vi Carlo levantar o dedo, e aquele dedo se ergueu mais alto que todos os outros. Sua simpatia por mim tornou-se nítida.

Eu corro riscos, embora o de sofrer nova cópula seja menor. Confusos, os homens tentam me ver como homem. Recebo convites, propostas, há sempre um flerte antes de tudo se encaminhar para a foda violenta, comum nas noites de diversão. Não quero, eu digo, e sei que terei cada vez mais dificuldade para negar. Não carregar o verme me torna um ser estranho, incompreensível. Mulheres cebola reclamam que ele se move, arde, irrita a pele. Deposita-se no ambiente mais propício (em geral as partes quentes e úmidas) e adormece. Adormece é forma de dizer, o verme, na verdade, entra num período de latência que dura um ano. A verdade é que ele não dorme, longe disso. Ele trabalha dia e noite, produzindo o ovo. É o período mais estressante para as mulheres cebola, a fase em que são bolinadas, auscultadas, cheiradas, mordidas. Nessa época, ocorre um descontrole entre os homens do bando, uma competição. Todos querem descobrir onde o ovo está alojado. Não há prêmio, é só o fascínio por desbravar, dominar territórios desconhecidos.

Tomadas pelo pavor, as mulheres cebola escondem o ovo. Algumas o esmagam com o próprio corpo, outras o extraem e comem. Há, ainda, as que tentam rastrear o caminho do verme. Elas perfuram a pele, arrancam o bicho. Tudo é válido para quebrar a cadeia que escravizará suas filhas e netas. A operação dói, deve doer. Mas elas suportam. Quando uma é descoberta, sofre as mais duras punições. Os homens do bando as surram, os mais brutos as chicoteiam. Arrancam seus cabelos, suas unhas, amarram-nas nuas e as abandonam sob o sol.

E depois de tanto gerar filhotes, chega o dia em que as mulheres expulsam o verme. Não é um dia a ser comemorado, não há vislumbre de libertação. Carlo não as perdoa, considera-as velhas demais, um investimento desnecessário. Se está de bom humor, ele as mata com um tiro na nuca, se bêbado, ela as entrega para a diversão do bando. São as piores caçadas, as velhas correm o quanto podem, tentam se esconder, escorregam, caem, enquanto ouvem risos de incentivo. Não sei de uma que tenha sobrevivido.

Hoje é um dia especial, meu batismo. Meses se passaram e eu me mantive segura. Uma revolta dos homens, entretanto, exigiu que eu sujasse as mãos.

Ela não é uma de nós? Pois que prove.

Parte dos cochichos me puseram a par. Desde que ingressei, a qualidade dos ovos despencou. São menores, mais frágeis, pouquíssimos dão origem a mulheres cebola. Alguns defendem que há um problema no terrário, coisas de pH, falta de nutrientes, infertilidade do terreno. Outros dizem que a culpada sou eu, uma mulher no bando só podia dar nisso. Carlo me defende e, para provar minha lealdade, entrega a pistola em minhas mãos. Os homens se aproximam com a mulher cebola que acaba de ser capturada. Ela me olha e eu mantenho o contato. Conheço-a muito bem, nos desenvolvemos lado a lado no terrário. O cheiro de pólvora se impõe, a arma pesa. Meu queixo treme. Tenho cinco segundos para tomar a decisão.

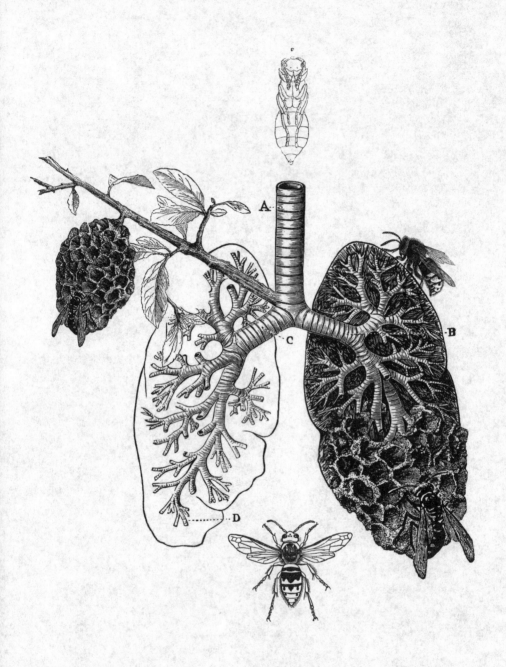

# Vespeiro

## 29

O jantar está na mesa.

Só falta Dalila.

O pai a espera. Sentado em seu lugar de direito, desbloqueia a tela do celular, verifica os e-mails que chegaram poucos minutos atrás. Não olha para a mulher escorada na pia, mãe de Dalila, nem para o bebê que solta gritinhos enquanto investe diversas colheradas contra a comida. Personagens nadam num gel incolor no falso fundo do prato, as batidas de colher agitam-nos ainda mais, o bebê sorri agudo.

Cadê Dalila?, a mãe pergunta, mais a si mesma do que ao pai ou ao bebê. Atrasou, vai ver atrasou. O apito do forno os alerta, a carne atingiu o ponto de cozimento, o pai estende o braço para alcançar o botão e o gira. Ninguém come até que a mesa esteja completa, sempre foi assim. O forno manterá a refeição aquecida, Dalila não deve demorar. Ela destrancará a porta da frente, jogará sua mochila sobre a poltrona da sala, beijará pai, mãe e bebê. É o que todos esperam, é o que acontece todas as noites.

Hoje não. Hoje Dalila arruinará o jantar.

Nervosa com a notícia que traz, ela opta pelo atalho. É um caminho escuro, corta o parque ao meio. Ainda é dia, o atalho é escolha razoável. Ela tem medo, conhece suas vulnerabilidades. Sabe que um tarado pode se ocultar por trás de uma das árvores. Aproveitando o elemento surpresa, o tarado pode puxá-la pelo cabelo, arrastá-la para um lugar ermo, estuprá-la. Estufando o peito com a maldita coragem, Dalila tenta afastar os pensamentos ruins. Avança, precisa conversar com os pais. O irmão deve chorar, apavorado com as caras perplexas e vozes altas. No final, ela espera, todos se abraçarão. Não há dúvidas de que o elo familiar é resistente o bastante para absorver o baque da notícia.

Logo à frente, sob uma árvore, algo a põe apreensiva. Um ninho de vespas em plena atividade, ela reconhece pelo som. Dalila sabe pouco sobre vespeiros, não compreende seu funcionamento, se o inseto é mais ativo de dia ou de noite, o que o tranquiliza, o que o enfurece. Olha ao redor, procura um lago, nos desenhos animados é onde o urso se refugia do ataque das abelhas. O zumbido crescente dispara o segundo alerta, decide não se aproximar, a intrusa é ela, os insetos estão defendendo a casa.

Fascinada com o vespeiro, Dalila não percebe o casal de namorados em conflito. Não escuta, passa reto quando a namorada implora por socorro. Acelera o passo, não vê o namorado torcendo o braço da namorada até quase quebrar.

A mãe de Dalila olha para o relógio de parede e depois para a água que acaba de ferver. Espera cinco minutos, desliga, transporta a panela até pia, abre a torneira e deixa que a água em temperatura ambiente esfrie a fervura. Descasca os ovos cozidos com batidinhas de colher. O bebê percebe, bate sua colher sobre o prato e sobre a mesa. O pai não repara no mundo real, segue absorvido pela tela do celular.

Em alguns meses, como desdobramento do jantar de hoje, a mãe descobrirá, ao bisbilhotar a tela desbloqueada do pai, imagens pornográficas. Sem saber que atitude tomar, ela se reunirá com amigas que emitirão opiniões diversas. As mais invocadas a influenciarão a dar o troco, as mais pacíficas que repense a decisão de deixá-lo. Chorando, a mãe contará coisas específicas, sabe que não é de bom tom contar a verdade completa. Ocultará que junto às imagens de mulheres adultas, gostosas, peitudas, encontrou outras, de crianças, e isso é fardo demais para suportar. Mas, para não contrariar os costumes, ela suportará. Uma mulher como a mãe de Dalila, que tanto preza pela harmonia do lar, tentará meios, tudo o que estiver a seu alcance, para que sua família não se dissolva. Buscará ajuda profissional, espiritual, levará o pai ao terapeuta de casais. Comemorará vitória por alguns meses e se sentirá quase feliz até a tarde de sol, a infeliz tarde de sol, em que, após beber três caipirinhas com muito mais cachaça do que limão, gelo e açúcar, jogará na cara do pai de Dalila o quanto ele a envergonha.

O pai, primeiro, não entenderá, achará que é uma brincadeira, só pode ser, nunca vira a esposa tão alterada, apesar de ter percebido o abuso de vinho ou cerveja ou certos drinks nos últimos tempos. Depois ele negará, dirá que foi uma besteira, recebeu do grupo de amigos e se arrepende de ter mantido as imagens na memória do aparelho. Para provar o arrependimento, ele jogará o celular contra a parede e ambos, junto com o bebê, ouvirão o som dos circuitos se espatifando. Restarão, espalhadas pelo piso, uma porção de pecinhas soltas e a incerteza da extinção de sua memória. A mãe vai chorar mais forte, mais alto, perguntará como ele teve coragem de traí-la assim, logo após ela lhe dar o segundo filho, e se deparar com a exaustão dos cuidados de casa, roupas, escola, comida. Buscará apoio, gritará pela filha. É inútil, Dalila está fora de casa, ela agora vive de encontros, trabalhos, estudos. Sozinha, a mãe aumentará a dose alcoólica diária, mudará para um emprego de meio turno, deixará o bebê (que agora é um garotinho) na escola mantida pelo município que aceita crianças em período integral.

Nas cinco horas de folga, a mãe poderá gozar de seu tempo livre, beber um pouco quem sabe, só para relaxar e ter tempo de recuperação até a hora em que buscará o garoto na escola e evitará os olhos julgadores dos pais dos coleguinhas. Nas tardes de sábado, quando Dalila ou o pai assumirão os cuidados com o irmão, ela encontrará as amigas e beberá mais vinho branco e mais champanhe e depois sairá dirigindo feito louca, chorando e dirigindo, uma sequência de sábados chorando e dirigindo, até o dia em que resolver aumentar o volume da música que toca, e assim, por total descuido, atropelará uma pessoa na rua, uma mulher que espera na faixa e só vê quando o carro a levanta no ar e a empurra metros adiante. Assustada demais, bêbada demais, a mãe fugirá sem prestar socorro. Os pedestres indignados não conseguirão anotar a placa do carro, só lembrarão do modelo e da cor, o que, segundo o delegado, ajuda muito pouco na investigação. Outros pedestres, os mais preocupados com vidas humanas, resgatarão a mulher e a levarão até o hospital de pronto socorro, onde ela ficará internada por inúmeros dias sem saber se perderá uma das pernas ou não, até que, por sorte, um médico habilidoso conseguirá curar a ferida incurável e a mulher voltará a caminhar, arrastando a perna afetada até o púlpito da igreja onde encontrará o caminho para perdoar a motorista que ela jamais saberá quem é.

Apesar dos traumas, o bebê crescerá sadio. Acompanhará os sobressaltos da mãe, sempre tão preocupada com processos e sirenes dos carros de polícia. Acompanhará, embora com menor convivência, os sobressaltos do pai, sempre tão preocupado com uma possível exposição nas redes sociais que o ligaria ao grupo de pessoas que consomem imagens compartilhadas por pedófilos. Dormirá em meio às crises de choro, se comportará sozinho em frente à tv durante as noites com as amigas da mãe e as churrascadas com os amigos do pai, suportará namorados e namoradas que farão carinho na sua bochecha, tratando-o como bebê apesar de já ter mais de nove anos. O garoto não terá Dalila por perto quando precisar. A irmã, cada vez mais envolvida em assuntos de adulto, mal saberá dele.

A cena dos namorados brigando retornará em sonhos. Dalila é forte o suficiente para segurar a mão do namorado, socá-lo na boca do estômago, empurrá-lo contra a árvore e libertar a namorada que a abraça e, antes de correr, sussurra: cuidado com Miguel. Transpi-rando, Dalila acordará no meio da noite, verificará se Miguel está ali e se tranquilizará ao se certificar que sim, ele está. Concluirá que ele nem é tão agressivo assim, é apenas nervoso, só precisa de atenção e de um medicamento que controle o humor. Se comoverá ao ver seu abdômen subindo e descendo, a respiração ruidosa informando que o inconsciente de Miguel se encontra numa caverna profunda e, olhando para o companheiro a partir desse lado da cama ele pa-rece tão frágil, tão pacífico. Engolirá um comprimido que recupere o sono perdido. Abrirá o celular à procura de fotos dos tempos feli-zes, e acabará se deparando com uma, a do irmão, o bebê que cres-ceu e vive, agora, a fase difícil de odiar tudo e todos. Pensará nele, com saudade, com culpa. Amanhã vai marcar um encontro, um al-moço. De amanhã não passa.

Sem encontro ou almoço, o irmão não saberá com quem conver-sar sobre suas dúvidas, seus medos, trocará de escola por seis ve-zes até o dia em que se adaptará a uma pequena, de bairro, em que os colegas o aceitarão como parte de um grupo. É nessa nova fase que ele viverá os mesmos problemas de garotos pré-adolescentes cheios de hormônios e vontades de enfrentar o outro. O grupo de garotos metidos a valentões escolherá um colega da mesma turma, com roupas mais simples e tênis sem marca e o perseguirá pelos corredores da escola fazendo piadas, gracinhas, inventando apeli-dos. O colega, mais mirradinho, se retrairá com as agressões, dei-xará de ser espontâneo, de participar das aulas. Viverá com medo até o dia em que, enganado pelo grupo de valentões, os seguirá até o parque, o mesmo parque em que Dalila, anos antes, se depa-rou com o ninho de vespas. E ali, de frente para o vespeiro, não o mesmo, mas no mesmo galho da mesma árvore, o grupo de valen-tões desafiará o colega com tênis e roupas mais simples sem saber que há um alerta médico sobre reações alérgicas em seu prontuário da escola. O grupo de valentões desprezará os argumentos do ga-roto mirradinho e o forçará a subir na árvore e tocar no vespeiro, porque sim, porque é um desafio, porque ele quer tanto fazer parte do grupo, e é justo que se passe num desafio para ser aceito num grupo de pré-adolescentes de uma escola de periferia.

Nada disso é coisa para hoje. Por enquanto, todos estão a salvo. A mãe se senta à mesa, o pai ouve a porta se abrir. É Dalila, ele diz. Ela vai direto ao lavabo, olha-se no espelho e se prepara para dar a notícia que arruinará o jantar.

## 30 Ferozes somos nós

Meus pés doem. Reclamo com 33, ela ergue uma sobrancelha, uma só, a da esquerda, que tem o formato angular como o telhado de uma casa, ou o acento circunflexo. A da direita não se move, é linear e permanece um nível abaixo. A sensação é de que 33 tem duas expressões, uma agressiva e outra resignada. Mostra-me os pés, tão cascudos quanto os meus. Cuspo nas mãos, uso-as para massagear as rachaduras que volta e meia sangram. Devagar, ela me imita. Trocamos olhares, resmungamos, a pele de nossas mãos também se mostra dura ao toque. Não é mais a pele lisinha com que saíamos dos salões de beleza. Ela se diverte quando me ouve falar instituto de beleza. Acho elegante, assim, como chamavam no tempo de nossas bisavós. Como se fosse cabível um instituto com a preocupação única de tornar pessoas bonitas. Era instituto, insisto. Ela não se convence. Ouso uma batida na porta, ninguém responde. Toco mais três vezes, peço uma loção, um creme, uma lixa que seja. Não há nada, o carcereiro grita e sua voz nos atinge após percorrer a entrada de um túnel longuíssimo.

Vire-se do jeito que pode, ele reforça e é possível ouvir um riso de deboche seguido de um estrondo.

É um homem rústico, de mãos enormes. Tem olhos e pele transparentes, característica dos habitantes locais. A fala se enrola toda, por vezes torna-se incompreensível, exagera nos erres e troca o cê pelo xis. Não empunha o chicote que o card da agência de viagens prometia, carrega algo mais prático: uma arma de choque. Sempre que pode, ele a expõe.

Meia hora depois, soa o alarme. As luzes se apagam assim que o som se extingue. Acomodando as costas às imperfeições do piso, faço planos. Durmo mal, a ansiedade me toma de assalto.

No desembarque, quase desisti. Guardas me encaminharam até o reservado, fecharam a cortina e se posicionaram impedindo a passagem de quem quer que fosse. Pelas sombras, pude vê-los em posição de sentido, o cabo das armas apoiado na palma da mão e o cano sobre o ombro do lado oposto. Para que dois?, pensei, não há a menor possibilidade de eu desobedecer um homem armado. Retirei toda a minha roupa e as joias. Sem soltar um suspiro, eles aguardaram o processo em que eu me tornava menos eu. Não havia espelho, o que facilitou os descartes. Vesti o uniforme, um macacão azul escuro com botões da cintura até o pescoço. Na saída, meio tonta, tentado habituar os pés ao solado do coturno, topei com Geisa. Respondi seu oi tímido com um aceno de cabeça. À frente o caminhão que nos levaria até o alojamento. Três mulheres nos aguardavam, ríspidas ao distribuírem os números que, a partir daquele momento, nos identificariam. Geisa se tornou a 33, eu a 32.

O despertar nunca é tranquilo, guardas se orgulham ao dizer que nos acordam com o som do morteiro. A terra treme e eu, que acabei de pegar no sono, me encolho toda e me agarro aos joelhos. Refratária às ordens, solto uns gemidos, me enrolo ainda mais com o saco de dormir. Uma mecha de cabelo prende no fecho. Na pressa, puxo. Puxo mais, até sentir que algo se rasgou. A lateral da minha cabeça se torna quente, e eu sei que é sangue. 33 alcança um paninho, mas não há tempo para nada. Os carcereiros invadem o alojamento, gritam, o caminhão nos espera. A colheita deve iniciar antes do amanhecer.

Minha vida é ótima, diz 33 ao forçar uma pausa. Pergunta se ainda estou sangrando, eu retiro a luva e passo as pontas dos dedos sobre a ferida. Sinto as bordas irregulares e a ardência volta com tudo. O cabelo molhado, logo percebo, é suor. O guarda se aproxima, nem olha na nossa cara, só aponta para a parreira que quase não se aguenta em pé com o peso dos cachos das uvas. Exaustas, meio desmaiadas na caçamba do caminhão, voltamos a conversar. Minha vida também é ótima, eu digo. Conto da minha casa de praia, convido-a para um fim de semana. Pergunto se 33 é casada, ela diz que sim, mas o marido não a acompanha nas viagens de turismo experiencial. O meu até gosta, respondo, mas prefere trabalhos em locais fechados. Tem a pele muito clara, sofre com a exposição ao sol. É algo que ele não suporta, queimaduras na pele, para ele, são pontos inegociáveis. Vim para cá enquanto ele está turistando na linha de produção do carro elétrico. Onde fica, 33 pergunta. Na Malásia.

No refeitório, a situação se complica. Turistas são obrigados a esquecer seus distúrbios alimentares. A refeição é carne moída, arroz e pão, e nem sempre está fresca. Já tive que engolir feijão azedo e uma fatia de pão bordada de fungos. Para evitar novo mal-estar estomacal, eu e 33 decidimos atrasar o serviço. Os primeiros esfomeados, descobrimos, recebem as sobras do dia anterior. Não há refrigeração nem forno de pré-aquecimento. Os pratos são colocados no sol um pouco antes de chegarmos. Nos primeiros dias as reclamações são mais intensas. Vou morrer, meu estômago não aguenta, dizem. Os carcereiros se movimentam, fingem preocupação. Mandam um rádio para a central que sempre envia a mesma mensagem de retorno: vocês sabiam como era. Assinaram os termos e pagaram por isso. O discurso é suficiente para arrefecer a maioria dos ânimos. Um ou outro que segue na rebeldia é retirado do grupo. Não é uma ação feita às claras e, aparentemente, não há violência. Só se notam as ausências na hora da refeição. São acontecimentos raros, ninguém quer ser excluído do programa de turismo experiencial.

Somos importantes, 33 diz antes de pegar no sono. Tornamo-nos íntimas, dormimos abraçadas dentro do mesmo saco. Em sussurros, dividimos o receio de que nossos corpos não aguentarão. Quinze dias se passaram, nossa perda de peso é visível. Como se quisesse rasgar a pele, o osso de meu quadril se pronuncia. Sobre ele, conto nos dedos os quinze dias que temos pela frente. Meio alerta, meio sonhando, 33 repete o nome da filha enquanto massageia os pulsos. Passou seis horas algemada, é o castigo para quem perde a agilidade dos primeiros dias da colheita. A imponência de mulher furiosa se desfez, a sobrancelha circunflexa nem se ergue mais.

No décimo sexto dia mal conseguimos levantar os braços. As caixas que se enchem com sete quilos de uvas demoram mais de hora para atingir o peso ideal. Turistas de novas levas, recém-chegados, nos ultrapassam com facilidade. O assédio moral não demora: frouxas, vocês não são de nada, aqui não é lugar para corpo mole, bando de preguiçosas. Guardas puxam a dianteira nas ofensas e os novatos imitam. Sinto-me na quadra da escola, nas partidas de basquete ou vôlei, quando uma torcida tentava intimidar o adversário com gritos, rimas e palmas. Não revide, 33 fala. A voz sai como um sopro. Eu a amparo e nos dirigimos ao caminhão. Desfrute, o guarda diz, uma cena humilhante dessas só em filmes.

Eu menti, assume 33, meu marido está na organização de um show de rock.

Mentiu porque queria ir com ele. Não conseguiu vaga, experienciar trabalho escravo nas montagens de shows de rock é bem mais concorrido. Tinha ido duas vezes, a rotina pesada acabava acostumando. E tinha as compensações: bebidas livres e a noite em que espiou um pedacinho do show. Entre uma música e outra, o artista convidava o público a interagir, relembrava os horrores dos anos dois mil e quarenta e dois mil e cinquenta. Lamentava o genocídio da população, culpava reis, ditadores, governos democráticos, não sobrava um. O público devolvia com urros, palavras de ordem, punhos cerrados. Ainda bem que a humanidade se reinventa. Não fossem as grandes ideias, estaríamos mortos. Na hora de exaltar as companhias pioneiras na implantação do turismo experiencial, o humor do público mudava. O mesmo público que, ali, vibrava com o show, na temporada seguinte teria a chance de participar de sua montagem. O próprio cantor já tinha fechado seu pacote para depois da turnê. Preparava-se para desmontar navios de guerra, 33 ri ao relembrar. Trabalhou em Bangladesh, quando o marido propôs um turismo mais radical. Não é bom, não. Vi gente morrer em explosões, vi crianças cegas. O público do show, é claro, ignorava os detalhes. Erguia as mãos e as balançava no ritmo do solo de guitarra ao fundo. Comovido pelo momento, o cantor gesticulava para o baterista que, com o toque das baquetas, determinava o tom da próxima música, uma balada tomada de sentimentalismos. Pelo menos a vindima é melhor que os navios, finaliza 33. Como lembrança, levo o vinho. Bem melhor que um pedaço de metal ou um cartucho vazio.

A terceira leva de turistas chega no vigésimo segundo dia. Faltam sete para nos despedirmos do que, agora concordamos, é um inferno. A presença de Helô é logo notada. Esguia, contestadora, a turista que recebe o número 67 é uma líder que não gosta de nós. Participa das humilhações e, por algum motivo, concentra-se na perseguição à 33. Enquanto a xinga, recebe tratamento diferenciado por parte dos guardas e dos turistas. Minha amiga está fraca, não tem força física para revidar. 67, entretanto, força embates. Motivada pelo grupo, acerta um soco nas costas de 33, que cai com o rosto sobre o chão pedregoso. A queda reacende a fúria dentro dela, a sobrancelha volta a se arquear e 33 se agarra, à unha, ao rosto de 67. Ambas rolam pelo chão, acompanhando os gritos da turba enlouquecida. Um chute do guarda termina com a diversão. Chegam mais dois que as separam e as conduzem para a solitária. Só as enxergo dois dias depois, 67 bem de saúde, 33 com uma piora significativa.

Eu vi o Vesúvio, é a frase que 33 repete, sua memória se esculhambou toda. Ela me abraça, eu vi o Vesúvio. Passa a colheita toda repetindo a frase. Tem o olhar parado, meio opaco. À noite, tento iniciar uma conversa, ela vem com essa de Vesúvio. Com todo o cuidado, eu a acalmo, empurro-a para que se deite ao meu lado. Acariciando seus cabelos, pergunto dos filhos, digo veja só, que sorte, em dois dias você os encontrará. Um sorriso se abre em seu rosto, algo que eu não via desde a briga. Ela esfrega o nariz em meu pescoço e eu sinto uma cócega irritante. Afasto-a e peço que me conte dos filhos. Ela toma um ar: "era um sarau". Conta da livraria, muito limpa, organizada. As paredes, de cima a baixo, cobertas de estantes. Não havia quadros, gravuras, artes. Só livros. Duas autoras liam poemas. 33 chegou por acaso, tentava se proteger da chuva. Chegou, gostou dos poemas, sentou-se próxima ao balcão. De longe, conseguia ouvir melhor. Eu vi o Vesúvio, uma autora lia. Leu o título, esse, e depois, a cada cinco ou seis versos, eu vi o Vesúvio ressurgia. Embriagada por aquilo, 33 se distanciou, quase alcançando o topo do Vesúvio, quando notou um inseto, desses com patas peludas e antenas, que se movem procurando alimento. O bicho saiu de trás da estante, caminhou devagar pelo canto da parede, impondo sua presença sobre a cor clara da tinta. Um rastro viscoso brilhava conforme 33 inclinava a cabeça e a luz incidia sobre a trajetória do bicho. A poeta seguia vendo o Vesúvio e nada de alguém pará-la, fechar a livraria, chamar um serviço que exterminasse o invasor. Assim que a autora finalizou a leitura, num esforço de voz para imprimir gravidade aos últimos versos, o bicho voltou para seu esconderijo.

Por alguns minutos, o público aplaudiu em pé. Na saída, a poeta alcançou 33, ofereceu um exemplar. Ela agradeceu, sorrindo em excesso. Talvez outro dia, repetiu diversas vezes enquanto seu olhar periférico buscava um táxi.

Na última manhã de colheita, 33 levanta cheia de energia. Tudo me leva a crer no gás final que a gente encontra, sabe-se lá onde, quando deseja finalizar uma tarefa. Ela colhe as uvas, suporta as humilhações que agora vêm de três grupos diferentes que se humilham entre si e nos humilham em dobro. No refeitório, a comida vem especialmente azeda. Ela engole tudo, e só depois eu vejo o brilho da lâmina que guarda embaixo da manga do macacão. Não me surpreendo quando ela ataca 67, não de frente, mas pela lateral. Também não me surpreendo com a agilidade dos guardas, que a imobilizam antes de a própria 67 se dar conta do ataque. Não há corte por onde o sangue possa jorrar. É hora de partir, um dos guardas grita. Acompanha eu, 33 e nossas colegas de turno até o vestiário onde, de novo, dois homens armados aguardam nosso retorno às roupas e joias que deixamos ali no início da temporada. 33 chora um pouco ao se despedir, tem dificuldades em retirar o macacão, veste sua camisa de seda pelo avesso, erra os botões.

Do furgão que nos leva até o aeroporto, nos despedimos das videiras. É possível, ao longe, enxergar a imensidão verde que abriga as uvas não colhidas. Não há turistas suficientes, cachos inteiros apodrecerão. Há um projeto, o guia conta, para mecanizar o processo todo, excluindo a mão humana do trabalho. Mas, para isso, necessitamos da mão humana que produzirá as máquinas que substituirão os coletores. Ele ri um pouco, deve estar pensando na nova opção de turismo que o futuro possibilitará. Se não der certo, Geisa diz, primeiro para si mesma e depois aumenta o tom, o mato toma conta. O mato nunca decepciona. O que é a mão das grandes corporações perto da selvageria do mato? O guia ri um pouco e depois, notando que ninguém o acompanha, fecha os lábios e assim os mantém.

Geisa se reergue no encosto da poltrona, é como se o desabafo devolvesse um pouco de seu ânimo. Com as faces rosadas, ela mostra a disposição dos primeiros dias. Deve ser a esperança. Na porta giratória do aeroporto, segurando minha mão, ela conta que lembrou de outro verso do poema sobre o Vesúvio. Imitando a poeta da livraria, imprime à fala um ar grave: ferozes somos nós.

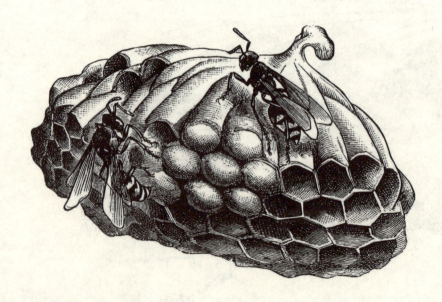

**IRKA BARRIOS** é mestre (PUC-RS) e doutoranda (UFRGS) em Escrita Criativa, venceu os Prêmios Brasil em Prosa (Amazon/*O Globo*, 2015) e Odisseia da Literatura Fantástica (2022). Seu romance *Lauren* foi finalista do Prêmio Jabuti em 2020. Irka participou de mais de vinte coletâneas de narrativas curtas, também atuando como organizadora de quatro outras coletâneas. Tem dois contos traduzidos e publicados na Argentina em iniciativas de colaboração entre os dois países. Escreve para a revista *Ventanas*, ministra oficinas na GOG, atua no Coletivo Mulherio das Letras, e é mediadora do Clube de Leitura Escuro Medo. Aclamada por uma prosa contundente e sem rodeios, Irka desnuda os diferentes dilemas que povoam e transtornam o universo humano através de imagens perturbadoras, paisagens sombrias e metáforas perfeitas. Herdeira de grandes mestres da escrita, possui uma voz legitimamente latina, interiorana, que algumas vezes encontra familiaridade com as inquietações sociais de Mariana Enriquez, a imaginação de Edgar Allan Poe e as temáticas intensamente femininas tão bem representadas na obra de Lygia Fagundes Telles. Nascida em Tuparendi (RS), Irka aprendeu desde cedo a compartilhar a Argentina, frequentemente lançando seus leitores ao temperamento do vento Minuano enquanto tece sua teia narrativa. Atualmente reside em Canoas (RS), onde divide seu tempo entre a escrita, a família e sua profissão primária. Dentista, Irka afirma que, apesar de ser fã de horror, nunca recebeu reclamações dos pacientes que frequentam seu consultório. *Vespeiro* é seu primeiro trabalho publicado pela DarkSide® Books.

*Acredito, inabalavelmente, agonizantemente,
que é nas aberrações que o Ser irrompe na
superfície e revela sua verdadeira natureza.*

**— Olga Tokarczuk —**

*DARKSIDEBOOKS.COM*